섬이 쓰고

바다가
그려주다

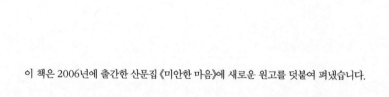

이 책은 2006년에 출간한 산문집 《미안한 마음》에 새로운 원고를 덧붙여 펴냈습니다.

섬이 쓰고

바다가
그려주다

함민복 에세이

시공사

내 마음을 떠난 마음들 그, 그리운 섬들

오래전에 쓴 일기나 산문을 읽다 보면 이것이 내가 쓴 글인가 싶을 때가 있다. 현재의 나는 이런 발상을 할 수도 없고 이런 글을 쓸 수도 없다. 여러 정황으로 미루어보아 내가 썼음이 자명하다. 독자로 출발해 저자를 겸하게 만들어주는 이 글을 쓴 나는 도대체 누구일까?

초등학교 동창이, 나는 전혀 기억나지 않는 내 이야기를 생생하게 들려준다. 나는 동창의 기억 속에 살아 있는 나를 어색하게 만난다.

삼십 년 전에 걸었던 길을 거닐 자, 까마득 잊고 있던 삼십 년 전의 일들이 떠오른다. 길은 삼십 년간 간직한, 삼십 년 된, 하나도 변하지 않은 내 추억을 풀어놓는다.

《열자列子》에 '고망古莽의 나라' 백성들은 오십 일을 입지도 먹지도 않고 잠을 자다가 깨어나는데 꿈속에서의 일들을 사실로 여기고 잠을 깬 상태에서 한 일들을 허망한 것으로 여겼다고 한다.

생각해보면 잊히지 않은 나보다 잊힌 내가 더 많은 것 같다.

내가 쓴 글들은 나 혼자서 쓴 것이 아니라 내가 만난 모든 것들과 글의 세계가 써준 것이다. 나의 삶 또한 모든 삶들이 나를 살아주는 것이다.

나는 내 바깥의 세상에 수많은 섬으로 존재하고, 세상은 내 속에 수많은 섬으로 존재한다. 나는 모든 것의 뭍이고, 모든 것은 나의 뭍이다. 섬 속에 뭍이 있고 뭍 속에 섬이 있다.

민물로 살아온 내력이야 어찌되었든 바다는 한 물로 바다다. 화엄의 제국이다.

뒷산에서 불붙는 소리를 내며 아니, 빗방울 떨어지는 소리를 내며 초겨울 바람에 가랑잎이 따닥따닥 따다닥 지고 있다. 나무의 섬이 흩날린다.

나도 책이라는 섬을 띄운다.

만나라, 따뜻한 손가락 삿대, 마음 돛폭.

함민복

차례

하나.
바람을 만나니
파도가
더 높아진다

둘.
추억을 데리고
눈이 내렸다

셋.
통증도
희망이다

넷.
읽던 책을 접고
집을 나선다

다섯.
물컹물컹한 말씀

하나 ———— 바람을 만나니 파도가 더 높아진다

흔들린다 ‿

집에 그늘이 너무 크게 들어 아주 베어버린다고
참죽나무 균형 살피며 가지 먼저 베어 내려오는
익선이 형이 아슬아슬하다

나무는 가지를 벨 때마다 흔들림이 심해지고
흔들림에 흔들림 가지가 무성해져
나무는 부들부들 몸통을 떤다

나무는 최선을 다해 중심을 잡고 있었구나
가지 하나 이파리 하나하나까지
흔들리지 않으려 흔들렸었구나
흔들려 덜 흔들렸었구나
흔들림의 중심에 나무는 서 있었구나

그늘을 다스리는 일도 숨을 쉬는 일도

결혼하고 자식을 낳고 직장을 옮기는 일도

다

흔들리지 않으려 흔들리고

흔들려 흔들리지 않으려고

가지 뻗고 이파리 틔우는 일이었구나

텃밭

)

마당에 네 평 정도 되는, 수첩만 한 텃밭이 하나 있습니다.

고욤나무 아래 송판 한 장으로 만들어놓은 긴 의자에 걸터앉
아 텃밭을 바라다봅니다.

겨울.

먹을 것 없는 새들 날아와 먹으라고 털지 않은 고욤이 눈 내
린 텃밭에 듬성듬성 떨어졌습니다. 검고 쪼글쪼글하지만 단 고욤
알. 텃밭은 누가 봉송으로 돌린 백설기 한 켜 같았습니다.

봄.

작은 밭을 삽으로 파 일궈놓고 무엇을 심을까 즐거운 고민을

참 많이 했었습니다. 신맛, 쓴맛, 매운맛, 단맛, 짠맛 나는 다섯 종류 야생초를 심어볼까. 푸른색, 흰색, 붉은색, 검은색, 황색 야채들을 오방색으로 심어볼까. 뿌리, 줄기, 잎, 열매, 꽃 중 하나를 먹을 수 있는 다섯 종류의 채소들을 심어볼까. 아니면 먹을 것을 포기하고 텃밭을 꽃밭으로 만들어볼까. 고민 끝에 고추 이십 포기, 피망 두 포기, 가지 네 포기, 토마토 열 포기, 상추 오십 포기를 심었습니다.

여름 。

고추야, 고맙게 잘 자랐구나.

잘 자랐다고 말하고 나니까 조금 민망스러워졌습니다. 눈을 조금 돌려 바로 옆 밭 고추들과 비교해보면 제가 기르는 고추들은 순전히 애기였습니다. 밭고랑에 비닐도 안 씌우고 비료를 안 줘서 그런 것 같았습니다.

"할 수 없이 무공해야. 농사도 안 짓는 놈이 뭐 있어야 주지."

집에 놀러온 친구들에게 이웃 밭 고추와 내 텃밭 고추가 대조되는 것 같아 우스갯소리를 던져보기도 했습니다. 고추도 그렇고 다른 열매채소들도 처음 달린 열매를 따줘야 열매가 많이 달린다는데 따지 않았습니다. 첫 자식이 잘 커야 고추들도 스트레스 안 받고 뭐, 보람이 있어야 잘 자라고 건강하지 않을까 하는 생각이 들었기 때문이었습니다. 나는 이를 '식물심리농법'이라고 이름 붙여보았습니다.

가지가 걱정이었습니다. 무당벌레들이 날아와 가지 잎사귀를
갉아 먹었습니다. 주렁주렁 매달린 가지와 보랏빛 가지 꽃에 빠져
예쁜 무당벌레를 죽였습니다. 가지 몇 개 먹자고 무당벌레를 죽이
나! 이런저런 궁리를 하다가 원통형 과자 '꿀짱구'를 낚싯줄에 꿰
어 가지 잎에 걸쳐놓았습니다. 개미가 모여들자 무당벌레들이 떠
났습니다.

가을 。

조심하세요. 토마토는 살짝 건드리기만 해도 향기로 경고를
합니다. "곁순을 따줘야 토마토가 많이 달리지." 겁이 많은 토마토.
마실 온 이웃 형이 곁순을 따주었습니다. 하루 내내 토마토 향기
가 구구절절했습니다. 며칠 지나자 다시 곁순이 본줄기보다 더 잘
자랐습니다. 곁순을 더 잘 키우는 토마토가 잡념을 더 잘 키우는
나와 친구 같아 악수도 청해보았습니다.

토마토 밭 앞 고욤나무 그늘에 앉아 토마토를 먹다가 토마토
에게 미안한 맘이 들기도 했습니다. 토마토는 내가 먹는 것보다
까치가 쪼아 먹는 걸 더 좋아하지 않을까. 씨앗을 위해.

북상하는 태풍에 토마토 섶이 견딜 수 없을 것 같았고 끝물이
고 해서 토마토를 베었습니다. 밑둥치를 바싹 쳤습니다. 다음 날이
었습니다. 토마토 포기마다 한 뼘 정도 되는 땅이 동그랗게 젖어

있었습니다. 누가 물을 주었을까, 살펴보다 깜짝 놀랐습니다. 잘린 토마토 줄기가 젖어 있었습니다. 토마토 뿌리는, 없는 줄기를, 가지를, 꽃을, 열매를 포기하지 않았던 거였습니다. 태풍은 비켜 지나가고 한낮은 뜨거웠습니다. 토마토 포기 주위 흙이 낮에는 말랐고 아침이면 다시 젖어 있었습니다. 토마토 뿌리를 뽑고 무를 심으려던 계획을 나는 미룰 수밖에 없었습니다. 끝내 토마토 뿌리를 뽑아낼 수 없어 무를 심지 못했습니다.

고욤나무가 잎을 다 떨어뜨리고 열매만 가득 매달고 있습니다. 식물들은, 멀어도 가지 끝인 텃밭에 열매를 가꿉니다.

이렇게 멀리 떨어져 살고 사십대 중반이 되었어도 나는 아직 손길 눈길이 많이 가는 어머니의 텃밭이라는 생각을 텃밭이 길러준 한 해였습니다.

섬이 쓰고 바다가 그려주다

늦가을
바닷가 마을의
하루

동네에 짭조름하게 간이 밴 것 같다. 집집마다 배추를 절이고 버린 소금물이 바다로 난 도랑을 적시고 있다. 외진 마을이어서일까. 대부분 친인척이 되는 동네 사람들이 두 집 세 집 어울려 김장을 한다.

여름에 얼려놓았던 생새우를 녹이고 염장해놓았던 밴댕이, 황석어, 병어를 물에 담가 염분을 우려낸다. 강화도에서 자란 것들만 매콤한 배추 밑동 맛이 난다는 순무 섞박지를 담고 있는 동네 아주머니들 수다에 생기가 붙는다. 모양을 내 자른 자주색 순무 조각조각이 환하고 예쁘다.

"시인 선생, 김치 한 통 줄게. 그릇 하나 가져와. 어려워 말고."

남자가 혼자 사는 게 안되어 보였던지 아주머니 한 분이 김치를 준다고 한다. 나는 하점면 이강리 종씨 집에서 겨울 동안 먹을 김치를 담가다주었다고 말하며 순무 조각 하나를 집어 맛본다. 매콤하다.

집 안마당에 떨어진 느티나무 낙엽을 쓸며 통후추만 한 느티나무 씨앗을 보고 있는데 김장을 담그던 아랫집에서 시끌시끌한 소리가 들린다. 양철 대문 열고 나가 보니 그림 하나가 펼쳐진다. 집에 다니러 온 아랫집 막내아들이 감나무 위에 올라가 있고 감나무 밑에서 동네 아주머니 댓 명이 비닐 멍석을 받치고 서 있다. 감을 따 곶감을 만들거나 찬 곳에 쟁여 홍시라도 만들어 먹을 생각인가 보다. 감나무에 다 올라간 아들이 내려다보며 멍석 위치를 바로잡는다. 감나무를 흔들자 알전구처럼 예쁘게 매달려 있던 감들이 후드득 멍석 위로 쏟아진다. 화들짝 놀란 아주머니들이 멍석을 머리 위로 들어 올리고 멍석 밑으로 숨어들며 웃음과 장난기 섞인 비명을 지른다. 감은 떨어지며 어른들을 금방 아이들로 만들어놓는다.

"형님, 안 바쁘면 같이 바다에나 다녀옵시다."

감 따는 모습 지켜보고 있는데 뱃사람 고승준 씨가 차를 멈춘다.

"어제 맨 그물 보러 가려고."

분오리 포구에서 그물 잘 놓는 봉수 씨를 만나고 배가 출발한다.

파도가 높아 물이 배로 넘어 서둘러 우비를 챙겨 입는다.

멀리 동검도 쪽 바다에서 산이 하나 솟아오른다. 산은 거대한 날개를 펴며 시끄럽게 솟아오르다 다시 물속으로 가라앉는다. 가창오리 떼다. 뭍에서 멀어지자 물너울이 크다. 달리던 배가 물너울을 타고 옆으로 길게 미끄러진다. 선장이 이마에 덮어쓴 물방울들을 털며 키를 고쳐 잡는다.

"물이 하얗게 벗겨지는데."

"이건 아무것도 아녀요. 지난번 젓잡이 나갔을 때 한밤중에 도지_{늦가을 예고도 없이 갑자기 크게 부는 바람}가 오는데……."

고승준 씨가 가을 젓새우 잡던 이야기를 들려준다.

나도 지난해에는 고승준 씨 젓새우잡이 배를 타고 바다에 나가보았다. 바다 위에서 자는 잠은 얕다. 뱃전에 물 부딪히는 소리도 그렇고 그물 놓을 시간을 놓칠까 걱정되어 수시로 일어나 시계를 보게 된다. 한 달간 새우를 좇다 바다 일에 나무거울인 나를 믿고 잠시 혼곤한 잠이 든 어부를 내려다보던 장면은 잊을 수가 없다.

고승준 씨도 올해는 새우를 그런대로 잡았다. 삼 년 만에 새우가 몰려왔다. 산에 도토리가 많이 달리지 않는 해에는 새우가 많이 잡힌다는 말이 맞았다. 산의 것이 없으면 바다의 것으로라도 먹여 살린다고, 새우가 많이 날 것이라고 서둘러 젓잡이 배를 띄운 어부들의 믿음이 맞아 들어간 셈이다. 고승준 씨는 젓새우잡이

도 끝나고 낙지잡이도 끝나고 해서 겨울에 숭어를 잡아볼 계획으로 어제 그물을 매놓았고 그물이 물살을 잘 견디며 온전한가 보러 가는 참이다.

고기는 들지 않았지만 그물이 물살에 불리지 않고 잘 자리 잡은 것에 만족하며 돌아오는 길에 바람을 만나니 파도가 더 높아진다. 물살이 세다. 달빛은 달의 눈빛이고 물결은 달의 말씀인 것 같다. 달빛은 늘 곱기만 한데 말씀인 물결이 이리 거칠 수 있단 말인가.

동네로 돌아와 익선 형님네 집으로 간다. 익선이 형네 집에는 말린 망둥이도 있고 술도 있다. 추운 몸을 녹일 수 있는, 보일러를 개조해서 만든 난로도 있다. 가는 길에 붕장어 몇 마리 사들고 간다.

"어떻게, 석양주 먹으러 왔나?"

"형님은 열두 시만 넘으면 무조건 석양주라고 하시네요."

"형님, 숭어가 뛰니까 망둥이도 뛰어오른다고 하는데 결국은 망둥이가 더 높이 뛰어오르네요. 동네 집집마다 지붕보다 높은 망둥이 말림대에 망둥이 안 넌 집이 없으니."

붕장어를 굽고 망둥이를 굽고 술을 한 잔씩 돌리며 언 몸을 녹인다. 익선이 형은 기름 값이 걱정되어 만든, 나무 때는 보일러 이야기를 꺼낸다.

"물이 자꾸 끓어 넘쳐서 큰일인데 뭐 좋은 방법이 없나."

섬이 쓰고 바다가 그려주다

기러기 떼가 자음 쓰기 연습을 하며 날아가고 형님이 절인 배 춧잎 몇 가닥을 꺼내놓는다. 하늘엔 눈이라도 내릴 것 같고 얼굴 빛은 난로 열기에 달아오른다.

바닷가 마을의 하루가 저문다.

달이 쓴
'물때 달력'
벽에 걸고

）

달을 보니 물때가 사릿발이다.

물때 달력을 보지도 않고 어떻게 물때를 알 수 있을까, 궁금해
했던 내가 달만 쳐다보고도 물때를 알 수 있게 되었다니. 세월만
한 스승도 없는 듯하다.

십 년 전 여차여차해서 마니산 자락 동막리에 자리를 잡았다.
동해 바닷가에서는 살아보았으나 서해 바닷가는 처음이었다.

낯선 풍경. 모든 게 새로웠다. 바닷물이 저렇게 크게 움직이다
니. 왜 물은 어제보다 한 시간 늦게 들어오고 더 많이 밀려오는 걸
까. 물이 밀려들어오고 쓸려나가는 속도가 매일 다른 까닭은 무엇
일까. 바닷물은 하루 두 번 들어왔다 나갔다 한다는 것밖에 모르
던 나에게 그날그날 변화하는 바닷물의 움직임은 놀라웠다.

섬이 쓰고 바다가 그려주다

이곳 사람들은 물때가 실린 달력을 좋아한다. 집집마다 물때 달력 하나쯤은 다 걸려 있다. 그것도 눈에 잘 띄는 벽면의 명당에. 어디 그뿐인가. 물때 달력은 배 선실에 걸려 물을 타고 물고기를 좇아다니기도 한다.

물때 달력에는 그날 물이 몇 시에 최대로 들어오고 몇 시에 최대로 나가는가와 물이 밀려들어오고 쓸려나가는 물높이가 적혀 있다. 뱃사람들은 물때에 맞춰 그물을 놓고 조개 잡는 아낙들은 물때에 맞춰 뺄갯벌 일을 나간다. 그러니 물때 달력은 바닷가 사람들의 스케줄인 셈이다. 몇 해 전에는 조개 잡는 할머니가 물때를 착각해 물골로 먼저 들어온 물에 에워싸여 죽기도 했다.

물때는 이곳 사람들의 뭍 생활에도 깊은 뿌리를 내리고 있다. 이곳 사람들은 물이 밀려들어올 때는 고추장을 담그지 않는다. 밀물 때 고추장을 담그면 고추장이 끓어 넘는다고 한다. 또 물때에 맞춰 상여가 늦게 나가기도 하고 빨리 나가기도 한다. 물이 멈춰 있거나 밀려들어올 때만 하관식을 하다 보니 자연히 그렇게 될 수밖에 없는 일이다. 그 내력을 알고 있는 또래들이 없어 노인회장님께 물어보았더니 어른들이 그렇게 해왔기 때문에 할 뿐이지 더 깊은 뜻은 모르겠다고 한다. 그러면서 '조금 반달이 뜨는 음력 8일, 23일로 물이 가장 적게 천천히 움직임에 난 송아지는 어미를 잘 따라다니지 않는다' 는 말이 전해진다고 알려주었다. 그건 확실하다고 직접 여러 번 겪어보았다고 하면서.

"뭐에 홀린 것 같아 죽을 뻔했시다. 아니 설악산 흔들바위를 흔들고 내려왔는데도 그 자리, 자고 나도 그 자리, 밥을 먹고 나도 그 자리……. 물이 그냥 그 자리에 있어 답답해 환장할 뻔했시다."

동해 바다로 신혼여행을 다녀온 아랫집 동생에게 신혼여행 소감을 묻자 동해 바다를 처음 본 소감을 실감나게 들려주었다. 물이 십 리씩 나가고 뻘이 드러나는 이곳 바다만 보며 삼십여 년을 살다가 물의 수위만 변하는 동해 바다를 보았으니 당혹스럽기도 했을 것이다. 겨우 십여 년 산 나도 물이 들고 나는 것에 익숙해졌으니 이곳 태생은 오죽하겠는가.

마니산에서 내려다보는 뻘밭은 일대 장관이다. 여의도 이십 배나 되는 드넓은 뻘, 뻘에 핏줄처럼 퍼져 있는 물길들. 산 위에서 보는 물길들은 물의 뿌리란 생각이 든다. 구불구불 영락없이 나무뿌리처럼 생겼다. 가늘게 뻗어 있는 물의 실뿌리들은 뭍에 박혀 있다. 그 실뿌리들은 바다 쪽으로 커가면서 가닥과 가닥을 합쳐 점점 굵은 뿌리가 된다. 그러다가 큰 물줄기가 펼쳐지고 그 줄기 위에 푸른 '물나무'가 드넓다. 작은 배 몇 척이 누워 있는 물나무를 위태롭게 지나가기도 한다.

썩지 않으려는 의지가 배어 있는 땅인지 사방에 소금물 울타리를 친 강화도에 다리 하나가 더 생겼다. 강 건너 '김포 신도시 건설 계획'이 발표되고 밀물처럼 사람들이 몰려오고 있다. 해안선

섬이 쓰고 바다가 그려주다

도로를 질주하는 레미콘, 산을 깎아 내리는 중장비 소리……. 반면에 행락객들 폭죽 소리에 놀라 벌써 주 5일 근무만 하는 부엉이 울음소리.

'길을 잘못 들어도 억울하지 않다. 오히려 더 새로운 것을 발견할 수 있는 땅이니까'라고 강화도를 평했던 자연주의자 장순익 씨의 말은 얼마나 더 유효할 것인가. 동막리에서 물때 달력은 얼마나 더 벽에 걸려 있을 것인가. 기러기 우는 초겨울 갯바람에게 물어본다.

배가
웃었다

)

　자선이가 어머니 아버지를 모시고 왔다. 바람이 세게 불었다.
민박집을 얻었다. 자선이가 준비해온 고기를 구워 저녁을 먹었다.
바람 때문에 내일 배가 뜰 수 있을까? 자선이 아버지가 걱정했다.
한밤중까지 술을 먹다 집으로 돌아와 눈을 붙였다.
　새벽 네 시에 눈을 떴다. 마당에 나가 민박집을 보았다. 불이
훤했다. 긴팔 옷을 몇 벌 챙겨 민박집에 갔다. 자선이 아버지는 티
브이를 보고 어머니는 밥상을 차리고 있었다. 멸치젓을 많이 넣어
반짝반짝 윤기가 도는 삼 년 묵힌 묵은지가 맛있었다. 배에서 먹
을 것을 챙겨 포구로 향했다.

　네 물. 물때가 빨라 다섯 시까지 포구로 나오라고 하던 고 선

바람을 만나니 파도가 더 높아진다 —————— **29**

장이 배가 방파제에 올라타지 않게 배를 낮추며 기다리고 있었다. 고기 담을 아이스박스와 음식물을 배에 실었다. 말뚝에 묶어놓았던 앞 벼리줄을 풀자 고 선장이 닻을 뽑았다. 작은 선외기가 물을 가르며 달렸다. 바람이 제법 불어 파도가 일었다. 뱃머리를 때린 물이 배 위로 튀어 넘었다. 고 선장이 고에 매어둔 큰 배 쪽으로 선외기를 몰았다. 큰 배에 선외기를 붙잡아 매고 옮겨 탔다.

"춥죠? 이 옷 입으세요."

배낭에서 긴팔 옷을 꺼내 자선이 어머니 아버지에게 건넸다. 쑥스러워하시며 옷을 입는 자선이 어머니 품에는 옷이 컸다.

"물이 제법 까부는데……."

"물이 까분대야?"

고 선장이 한마디 던지자 말이 재미있던지 자선이가 웃으며 내게 말을 걸어왔다.

"나도 그 말을 처음 들었을 땐 이상했어. 뱃사람들은 바다에 대해 항상 겸손하거든. 그러다가도 파도가 일단 일면 바다를 낮춰 보는 거 있지. 어차피 헤쳐나아가야 할 파도라서 그런가 봐. 바다를 낮춰 말하며 자기가 강하다고 자기 최면을 거나 봐. 일종의 주술 같아."

모시조개를 냄비에 넣고 왈가닥탕을 끓였다. 매운 고추와 파를 넣고 살짝 더 끓인 뒤 불을 껐다.

"추운데 국물 좀 드세요."

해가 안 나고 바람이 불면 한여름에도 바다는 춥다. 햇볕이 쨍쨍 내리쬐는 날도 바람이 조금만 나도 갑판에 친 그늘막 아래는 추워서, 편히 쉬려면 머리나 다리 쪽 중 한쪽을 그늘 밖으로 내놓아야 한다. 갑판에 둘러앉아 조개 국물과 소주로 속을 풀었다.

"아따 배 오랜만에 타본다 야. 저그 떠 있는 섬 이름들이 뭐당가?"

고향이 해남인 자선이 아버지가 술잔을 들고 물으셨다.

"저 섬들 떠 있는 거 아니고요 뿌리내리고 있는 거고요. 시도, 신도, 모도, 바가지섬, 장봉도예요."

고향이 완도인 자선이 어머니가 조개를 들고 웃으셨다.

자선이는 씨디 케이스 만드는 공장을 한다. 공장이 그럭저럭 잘되어 시골에서 동생과 어머니 아버지도 불러올렸다고 한다. 공장 식구들 야유회로 뱃놀이 계획을 잡고 배를 예약해놓았는데 급한 일이 생겨 공장 식구들은 같이 못 오고 어머니 아버지만 모시고 왔다. 도시에 와 기계를 만지며 일하시는 게 미안해, 고향이 바닷가인 두 분께 바다를 보여주고 싶었다고 했다.

배가 그물을 쳐놓았다고 표시하는 나무 입성을 지나고 실장어 잡는 그물 매던 부위통 사이를 지나고 모도 앞에서 우측으로 크게 돌아 그물터를 향했다. 섬에서 4킬로미터 떨어진 그물터까지 오는데 에돌아와 삼십 분이 걸렸다. 고에 배를 묶고 고 선장이 시동을 껐다.

물이 날 때 미처 빠져나가지 못한 고기나, 그물을 타고 돌다 미로 방에 빠지게 만들어 고기를 잡는 정치망 그물 1킬로미터가 드러나기 시작했다. 갈매기 수백 마리가 날아와 고양이처럼 울어댔다. 갈매기들은 어른 키 세 배쯤 되는 대나무 말뚝과 수면에 앉아 있다가, 그물에 부딪혀 튀어 넘는 새우를 잡아먹느라 날개를 퍼덕이며 시끄러웠다. 그물에 갇힌 갈매기를 살려주며 눈빛을 본 적이 있다. 팥알만 한 눈이 앵두처럼 붉었다. 말뚝을 넘는 물이 울렁울렁 훈수물이 흐르다가 장애물을 만나 일으키는 물결지더니 배가 뻘에 닿았다. 그때 해가 나고 감나무 잎처럼 반짝반짝 윤기 돌던 물이 햇살을 꺾어 수천수만 마리 나비를 날렸다. 물비늘 나비를 잡아 어머니 흰 머리에 꽂아주고 싶은지 바다를 바라다보는 자선이 눈빛이 그윽했다. 그물에 갇힌 숭어들이 부엌칼처럼 뛰어올랐다.

"고 선장, 혁지나 한 마리 들었으면 좋겠어."

"혁지는 사람처럼 울어서 슬퍼 못 잡아."

혁지는 돌고래처럼 생겼다. 혁지는 금실이 좋아 한 마리가 그물에 걸리면 다른 한 마리가 물이 다 나가도 도망가지 않고 그물 밖에서 운다고 고 선장이 말했다. 부모님을 모시고 놀러온 자선이를 위해 큰 고기가 많이 잡히길 바라는 맘에 혁지 얘기를 꺼냈던 나는 인생의 깊은 맛이 배어나오는 노부부의 얼굴을 바라다보았다.

자선이가 '물복'이 있어서인지 고기가 많이 들었다. 숭어와 광

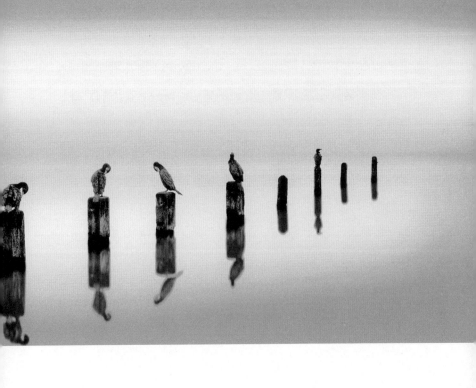

바람을 만나니 파도가 더 높아진다 ———— **33**

어도 들고 큰 농어도 들었다. 고 선장이 배 물광에 고기를 살려놓고 농어는 옆으로 누우면 죽는다며 눕지 못하게 등지느러미에 스티로폼 조각을 꽂았다. 자선이는 고기가 많이 들어 공장 식구들이 며칠 먹고도 남겠다고 싱글벙글거렸다.

　배에서 뻘에 내린 지 세 시간쯤 지나자 물이 돌아섰다. 바람이 자자 물도 자며 잔잔 잔잔 밀려왔다. 옛 바닷가 추억을 더듬는지 오순도순 이야기를 나누며 조개를 잡던 자선이 아버지와 어머니도 배로 돌아왔다. 완도 뻘하고 달라 모시조개를 반 말밖에 못 잡았다고 말하며 자선이 어머니가 물장화를 벗었다. 광어회를 떠 먹고 고 선장과 내가 잡은 낙지를 삶아 먹고 나자 배가 떴다. 고 선장이 배 시동을 걸었다. 배가 녹두빛 물을 가르며 흰 물보라를 일으켰다. 달리는 뱃소리에 자선이 어머니와 아버지가 나누는 말이 끊겼다 들렸다 했다. 배 뒷전에 숨어 담배를 피우며 선장실 유리창을 통해 바라다보는 노부부의 모습이 평화로웠다. 자선이 어머니와 아버지는 자선이가 타고 지금까지 살아온 배란 생각이 들었다. 출렁이는 배에 놀란 숭어가 뛰어오르고 자선이 어머니가 웃었다. 배가 웃었다.

섬에서
보내는
편지

)

태양 。

풋살구가 떨어지며 사랑채 지붕을 두드립니다. 양철 지붕에
부딪히고 살짝 튀어 올랐다 다시 떨어지며 낮은 소리를 한 번 더
냅니다. 침묵이 나비물처럼 사방에 뿌려지고 툭, 조용해집니다. 깨
졌던 침묵이 봉합되는 순간에 침묵은 더 깊어지는 것 같습니다.

침묵에서는 어떤 냄새가 날까. 무슨 맛일까. 비린내가 날 것
같고 신맛일 것 같다는 생각을 하다가 잠자리에서 일어나 유리창
을 엽니다.

아카시아 꽃 달콤한 냄새가 방으로 쏟아져 들어옵니다. 유리
창에 밤새 쳐져 있던 아카시아 꽃향기 커튼이 찢어졌나 봅니다.
콧숨을 짧고 빠르게 끊어 쉬며 달콤한 향을 음미하다가 폐를 최대

로 부풀리며 향기를 빨아들여봅니다. 가슴이 시원해집니다. '꽃향기 침략에 몸이 공중으로 떠오르네'라고 혼자 중얼거려봅니다. 강화도 마니산 밑에 있는 우리 동네 동막리는 해마다 아카시아 꽃향기와 밤꽃 내와 들국화 향에 점령당합니다. 그렇게 세 번씩이나 점령당하면서도 노인회장님도 이장님도 있건만 대책회의 한 번 열리지 않습니다.

탕. 탕. 탕. 탕. 느닷없이 경운기 발동 터지는 소리가 들립니다. 경운기 소리에 아카시아 꽃향기가 잠시 지워집니다. 옆집 아저씨가 농장에 사슴 먹이 주러 가는 시간입니다. 바깥으로 나가 대문이라도 열어놓아야 할 것 같습니다. 그래야 밤새 담장 넘어오느라 수고한 향기들 손쉽게 다음 목적지로 갈 수 있고 기척도 못 느끼고 잠만 잔 미안한 마음도 덜 수 있을 테니까요.

바깥마당에 있는 고욤나무 아래 나무 의자에 앉아 지붕 위 살구나무를 쳐다봅니다.

올봄이었습니다. 무심히 살구나무를 보고 있는데 여느 때는 보이지 않던 풍경이 들어왔습니다. 아니, 살구나무에 아직도 떨어지지 않은 이파리들이 있단 말인가. 그것도 한 군데 그대로 뭉쳐서. 제일 늦게 이파리 떨어지는 참나무 가지가 부러지며 산에서 날아왔겠지. 다가가 보았습니다. 살구나무 이파리가 분명했습니다. 낙엽이 다 졌는데 부러진 가지에 이파리들은 그대로 붙어 있

섬이 쓰고 바다가 그려주다

습니다. 끝까지 가보지 못한, 낙엽까지 가지 못한 이파리들은 떨어질 수 없었나 봅니다. 워낙 상처는 질긴 건가요.

하늘에 떠 있는 빛의 섬, 수평이 아닌 수직 성향의 섬, 태양. 빛으로 살아가는 생명체들의 뭍인 태양. 태양이 살구나무 이파리들을 다시 푸르게 펼쳐놓았습니다. 태양에서 떨어져 나와 나무 속으로 들어간 빛들이 태양을 그리워하며 하늘 쪽으로 가지를 뻗어 올립니다. 나무들의 모양, 꽃들의 빛깔들이 다른 것은 태양에 대한 그리움의 표현 방식이 다르기 때문인 것 같습니다. 살구나무 가지에서 떨어진 풋살구가 살구나무 가지 쪽으로 튀어 오르고 침묵 위에 떠 있던 말들이 침묵 속으로 다시 녹아드는 것도 그리움의 한 표현 방식일 것입니다. 본체에서 떨어져 나온 것들은 다 섬이며 섬엔 그리움들이 가득 차 있습니다.

포구.
'여진호' 선장 고승준 씨를 따라 분오리 포구로 갑니다. 정치망에 걸린 물고기를 잡으러 간다기에 따라나섭니다. 배를 몰고 나가기엔 아직 물이 덜 났습니다. 물때가 조금이라 물이 천천히 나기 때문에 일찍 바다에 나가면 물 위에서 그물 나기를 오랫동안 기다려야 합니다.
포구에는 물이 나기를 기다리고 있는 사람들이 많습니다. 끝고 다닐 수 있게 끈을 매단 고무박과 도시락이 들었을 배낭을 메고 있는 조개꾼 아주머니 이십여 명도 시끌시끌합니다. 조개가 제일 맛있는 철에 왜 많이 안 잡히는지 모르겠다며 빛 가리개 모자를 쓴 아주머니가 불만을 터뜨립니다. 물장화 신은 아주머니가 맞장구를 칩니다. 뱃삯이 오른 것이 영 못마땅하다며 할머니 한 분이 담배를 꺼내 뭅니다.

고 선장이 조개꾼 실을 선장과 요즘 잡히는 고기에 대해 이야기를 나누고 있습니다. 이쪽 그물에는 농어가 많이 드는데 그쪽 그물에는 무엇이 많이 잡히느냐고 묻는 중입니다.

포구는 평소에도 시끄럽습니다. 딱딱한 길을 버리고 출렁거리는 길로 넘어가는 곳이라 그런가 봅니다. 고체의 길이나 액체의 길 중 한 길을 택해야 하는 곳이라 그런가 봅니다.

포구는 섬의 문입니다. 섬의 끝이며 바다의 시작이고 바다의 끝이며 섬의 시작입니다. 뭍에서 포구로 가는 길은 이 길 저 길이 부챗살처럼 모여들고 바다에서 포구로 돌아오는 뱃길은 깔때기처럼 모여집니다. 포구는 뱃사람들이 회사인 바다로 출근하는 길이며 퇴근하는 정문입니다. 고기를 많이 잡을 수 있을까 기대하는 곳이며 내일을 다시 기약하는 곳입니다. 어부를 배웅 나온 네 발달린 개가 뒤돌아서는 곳이고 지느러미 단 물고기들이 바다를 떠나는 곳입니다. 세파에 시달린 사람들이 떠밀려와 푸른 방파제인

섬이 쓰고 바다가 그려주다

바다에 머리를 식히는 곳입니다. 물 위에 띄우는 작은 섬, 배에 오르는 곳이며 움직이는 작은 섬, 배에서 내려서는 곳입니다.

배들이 방파제에 묶여 있던 앞 벼리줄을 풀고 시동을 겁니다. 물이 적당히 났나 봅니다. 물과 먹을 음식, 예비 기름을 차에서 옮겨 싣고 고 선장도 시동을 겁니다. 오늘 고기는 얼마나 잡힐까 기대하는 마음이 먼저 그물터로 달려나갑니다. 닻을 뽑습니다. 배가 물살을 가르며 뭍을 박차고 나갑니다. 섬에서 멀어지며 배는 또 하나의 섬이 됩니다. 섬에서 멀어진 만큼 배는 섬이 됩니다. 섬은 섬이 하나이면 섬이 될 수 없음을 깨닫습니다. 내 마음을 떠난 마음들. 그 마음들은 지금 어디서 항해를 하고 있을까, 그 그리운 섬들은. 마음을 떠난 마음 배들은.

뱃길。

고 선장이 고에 걸어 띄워둔 큰 배 쪽으로 배를 몹니다. 나는 앞 벼리줄을 사려 들고 큰 배로 뛰어오를 준비를 합니다. 큰 배에 작은 배를 달아맵니다. 내가 묶은 줄 매듭이 시원찮았던지 고 선장이 다시 묶습니다. 작은 배에 실려 있던 새우 그물을 고 선장과 둘이 마주 서서 사린 다음 큰 배에 실어놓고 작은 배만 끌고 다시 출발합니다. 큰 배를 떠나는 작은 배가 어미 떠나는 새끼처럼 보입니다. 배들은 신발을 닮은 것 같고 물고기를 닮은 것도 같습니다. 크기는 달라도 배들 모양이 엇비슷해 어미와 새끼로 보였는지

섬이 쓰고 바다가 그려주다

도 모릅니다.

작은 배들의 엔진은 고물배의 뒷부분에 붙어 있습니다. 이물_{배의 앞}
_{부분}을 가볍게 해 파도를 잘 헤쳐나가기 위해서입니다. 배 방향을
조절하는 키도 추진력을 만드는 물 회전 날개도 고물에 붙어 있고
선장도 고물에서 배를 몹니다. 뒤에서 배를 몰아야 배 전체를 살
펴볼 수 있기 때문이기도 합니다. 배는 앞에서 끌고 가는 힘이 아
닌 뒤에서 밀고 가는 힘으로 움직입니다.

고 선장이 배 속도를 늦추고 담뱃불을 달립니다. 물빛에 그을
려 구릿빛으로 탄 얼굴. 영락없는 뱃사람입니다. 나는 고 선장에게
참 많은 것을 물어보았고 참 많은 것을 배웠습니다.

"고기 많이 잡혔을 것 같시꺄?"

"바다나 알지 누가 알겠쓰꺄."

속도를 늦춰 엔진 소리가 작아진 사이 고 선장에게 말을 건네
보았는데 짧게 대답하고 다시 속도를 올립니다. 배 뒤편에서 바닷
물이 물보라를 일으키며 갈라집니다. 배는 추진 날개를 회전시켜
물을 가르고 갈라진 물이 빨리 합쳐지려는 힘의 반동을 이용해 달
려 나아갑니다. 뱃길은 아무리 다녀도 다져지지 않습니다. 굳은살
하나 없는 말랑말랑한 생살로 된 길입니다. 먼지가 나지 않는 길
입니다. 물고기를 잡으려고 물고기가 다니는 길을 쫓아다니는 길
이니 물고기가 만들어준 길이기도 합니다.

뱃길에도 이정표가 있습니다. 섬에 솟아 있는 산은 중요 이정표가 되고 더 자세한 이정표는 그물을 쳐놓았다고 표시하고 있는 부표들입니다. 이런 이정표들도 안개나 눈보라를 만나면 다 소용없어집니다. '안개가 선장 눈알 빼간다'는 말을 무시하고 주꾸미를 잡으러 갔었습니다. 갑자기 안개가 짙어지며 섬의 산을 지우고 부표들을 지웠습니다. 길을 잃고 헤매다가 선장이 배가 출항한 포구 방향이 어느 쪽이냐고 물었습니다. 배에 타고 있는 네 사람이 손가락으로 가리킨 포구 방향이 다 달랐습니다. 그때부터는 완전히 길을 잃었습니다. 지척과 갑판만 보이는 안개 속에 갇혀버렸습니다. 온통 보이지 않는 것 속에 갇혀버린 보이는 세계는 곧 섬이었고 그 섬에 갇혀버렸던 것입니다. 두려움 속에서 한 생각이 떠올랐습니다. 배 언저리만 보이는 안개에 갇혀 있는 상황과 내가 살고 있는 삶이 무엇이 다른가. 내 삶을 좀 앞선 시간에서 뒤돌아보면 결국 안개에 갇혀 있는 것과 같지 않을까. 현재란 시간의 섬이다. 세월이 가는 길, 세상 모든 '멈춤들'의 정거장인 시간은 현재의 뭍이다.

배가 최영 장군과 이성계가 같이그때 후일을 누가 알았을까? 섬 방향으로 화살 쏘는 연습을 해 이름 붙여졌다는 시도矢島를 지나 그물터에 다다릅니다. 고 선장이 시동을 끄고 닻을 던져 물 위와 물 아래를 엮어놓습니다.

그물터 。

바람이 치불어 물 빠지는 속도가 늦습니다. 두 시간은 더 기다려야 그물이 날 것 같습니다. 고 선장은 쇠 파이프로 만든 그물걸이에 건 그물을 손질하고 나는 정치망에 걸려 그물에 부딪히며 뛰어오르는 숭어를 구경합니다. 정약전은《자산어보》에 숭어는 의심이 많고 화를 피하는 데 민첩해 맑은 물에서 낚시를 한 번도 문적이 없고 그물에 걸려도 흙탕물에 엎드려 몸을 흙에 묻고 단지 한 눈으로 동정을 살핀다고 했습니다. 그런 숭어가 세월을 뛰어넘어 내 눈앞 정치망에 걸려 뛰어오르고 있습니다.

"거 지겹지 아느시꺄?"

"그래도 다 손본 다음 그물이 바람에 차르르륵 날리면 마음이 다 개운해지이다."

얽힌 그물코는 풀고 그물에 딸려 나온 소라 껍데기나 나무 말뚝 껍질을 떼어내던 고 선장이 씩 웃습니다.

지난해 가을 새우잡이 배를 타고 나간 둘째 날 밤이었습니다. 그물을 건져보았으나 매번 쓸데없는 우산만 한 해파리와 멸치 떼만 쳐들고 허탕이었습니다. 그물을 걷고 주꾸미 몇 마리 놓고 선장과 술을 마셨습니다.

"큰일났시다. 그래도 목돈이 되는 건 젓새우잡인데 올 농사도 흉년이니……."

저것 때문이라며 선장은 가로등 불빛에 어둠이 묽어진 영종도 공항 쪽 하늘을 가리켰습니다. 공항을 만들고 나서부터 물힘이 약해져 숭어도 새우도 잘 잡히지 않는다고 술잔을 들던 선장은 새우잠이 들고 나는 뱃전으로 나와 달빛을 감상했습니다.

수면에 누운 달빛이 출렁거리는 소리. 달빛이 우는 소리를 오랫동안 들었습니다. 물결 위에서, 물을 끌어당겼다가 놓았다가 반복하는 달의 힘 위에 올라앉아, 달의 힘을 느끼며, 달빛을 타며……. 내륙의 한복판 중원 땅에서 태어나 바다 한가운데까지 오게 된 내 지나온 길들을 낚싯줄처럼 풀어도 보고 그물처럼 엮어도 보았습니다. 내가 살고 있는 현재는 내 유년의 그림자 같았습니다. 유년의 삶이 지금 내 삶을 그려주는 커다란 모체란 깨달음이 들기도 했었습니다.

감물이 최대로 빠지는 시간 또는 물이 최대로 나는 장소까지 기다려도 물이 다 나지 않아 물속에 들어가 그물을 털었습니다. 숭어와 농어가 기대보다 못합니다. 광어 한 마리, 서대 한 마리, 병어 세 마리. 그래도 넓적한 것들이 들어 다행입니다. 고 선장은 다음 사리부터 병어가 들 것 같다고 말하며 고기가 적게 든 서운함을 애써 감춥니다.

귀항 。

장봉도와 모도 사이로 빠져나가던 물이 돌아섭니다. 닻을 올리고 뱃머리를 돌립니다. 뱃자국 하나 나 있지 않은 뱃길을 되돌아갑니다. 바닷물을 굴리고 있던 작은 바퀴, 물고기 눈동자 사십

바람을 만나니 파도가 더 높아진다 ——————— 47

여 개 잡아 배에 싣고 돌아갑니다. 뱃길로도 풀어낼 수 없는 그리
움이 있기에 섬으로 되돌아갑니다. 섬은 외로워서 지상에서 가장
낮은 울타리, 물울타리를 치고 제가 품고 있는 그리운 마음 상할
까 사방에 소금물을 둘렀습니다. 우주에 떠 있는 지구라는 섬에서
움직이고 있는 나라는 개체는 얼마나 작은 섬인가, 그리움에 가득
찬 존재인가, 중얼거리며 영종도 공항 쪽에서 날아오른 물고기 닮
은 비행기를 쳐다봅니다.

배 속도를 늦추고 고 선장이 전화를 받습니다.

"알았시다. 그럼 숭어회 4킬로 떠놓겠시다."

섬이 쓰고 바다가 그려주다

입 짧은 병어
속 작은 밴댕이

)

6월이 되면 강화도에는 밴댕이와 병어가 제철이다. 어부들은
하나같이 밴댕이와 병어가 예전처럼 많이 잡히지는 않는다고 한
다. 그래도 강화도 웬만한 곳을 가면 저렴한 가격으로 싱싱한 회
를 맛볼 수 있을 만큼은 잡혀 다행이란다. 이맘때쯤이면, 회 중에
병어와 밴댕이를 좋아하는 나는 잊을 수 없는 그 맛에 설렌다.

강화도 본섬에서 볼음도까지 뱃길로 한 시간 반 정도 걸린다.
오늘은 볼음도에서 잡아 나온 밴댕이 병어 잔치가, 열린 사랑방
'이웃사촌'에서 있는 날이다. 서둘러 강화읍으로 향한다. 버스를
타고 가며 볼음도에서는 병어 밴댕이가 잘 나오는지 궁금해진다.

저녁 잔치를 위해 음식 준비할 사람들이 하나둘 모여든다. 주
방에 들어가 닦달손질하고 있는 병어를 살펴본다. 등과 배에 은백

색의 작은 비늘들이 잘 붙어 있어 눈으로만 봐도 그 신선함이 전해진다. 병어는 볼수록 마름모꼴의 납작한 몸체가 신기하다. 정약전은《자산어보》에서 이런 병어의 모습을 생생하게 묘사하고 있다. '큰 놈은 두 자 정도이다. 머리가 작고 목덜미가 움츠러들고 꼬리가 짧으며 등이 튀어나오고 배도 튀어나와 그 모양이 사방으로 뾰족하여 길이와 높이가 거의 비슷하다. 입이 매우 작고 창백하며 단맛이 난다. 뼈가 연하여 회나 구이 및 국에도 좋다. 흑산도에서도 난다.'

늦은 점심인지, 미리 맛보기로 만들어본 요리인지 사람들이 식탁에 둘러앉는다. 햇감자를 넣고 조린 병어가 달다. 감자에 밴 병어 맛이, 병어에 밴 감자 맛이 일품이다. 각자의 맛만을 주장하지 않고 서로 맛을 나눠 보탤 때, 맛은 배가되고 깊어지나 보다.

병어를 잡아온 어부 박정훈 씨로부터 병어와 덕자와 덕대의 차이를 듣는다. 덕자는 큰 병어30센티미터 이상 되는 병어를 이르고 덕대는 어종이 다르다고 한다. 덕자는 몸집이 커 뼈가 억세고 맛이 덜해 회로 먹는 것보다 조림용이 제격이란다. 덕대는 어획량이 적고 귀해 값이 비싸다고 일러준다. 섬으로 돌아가는 배를 타야 한다며 박정훈 씨가 자리를 떴고, 사람들은 입 작은 병어를 먹으며 무엇이 그리 즐거운지 입을 크게 벌리고 자주 웃는다. 저녁 모임에 참가할 인원을 헤아려보는 사람들의 얼굴에서, 사냥감을 포획해온 원시 부족들의 달뜬 표정이 읽힌다. 저녁 일곱 시에 이곳에서, 음

섬이 쓰고 바다가 그려주다

식에 잠재되어 있던 원시성이 되살아나리라.

　나는 그때까지 병어회를 기다릴 수 없어, 전에 내가 살던 바닷가 마을 동막리로 전화를 건다. 오늘 낮물에 병어와 밴댕이를 잡아왔다는 고 선장 말을 듣고, 감자와 병어가 이웃사촌처럼 어우러져 맛을 내고 있는 병어찜을 뒤로하고 차에 오른다.

　"이거 한번 먹어보시겨. 맛이 제대로이다!"

　회를 먹고 있는 동네 청년들 시선이 내게 집중되었다. 나는 숭어 내장을 굵은 소금에 찍어 입에 털어 넣었다.

　"비릿한 게 맛이 괜찮은데……."

　바다가 없는, 충북이 고향인 나를 숭어 내장의 비린내로 골려주려던 동네 청년들의 실망스러워하던 눈빛.

　강화로 이사를 오고 겪었던 일들이 스쳐지나간다. 객지를 떠돌다 고향으로 돌아와 바다 일을 막 시작한 고 선장을 처음 만난 것도 그 무렵이다. 나는 고 선장 배를 타고 10여 년간 바다 일을 따라다녔다. 봄이면 바다에 나가 말뚝을 박고 1킬로미터나 족히 되는 숭어 그물을 맸다. 삼십여 분 배를 타고 나가 물이 나길 기다려, 그물에 걸린 숭어를 잡아와 트럭에 싣고 숭어를 팔러 다녔다. 그물을 매고 두 달이 지나면 그물에 물때가 끼고 숭어가 잘 잡히지 않는다. 그때쯤 말랑말랑한 계란 같은 물알민챙이 알이 그물에 걸리고 바다의 거울 조각 병어가 들기 시작한다.

물이 적게 나가 그물이 완전하게 드러나지 않아 고기를 잡으러 가지 않는 조금 때였다. 고 선장이 우럭 낚시를 가자고 했다. 그 물터에 들러 배 위에서, 그물에 갇혀 있는 물고기가 모이게 만들어놓은 굴뚝연통만 끌어올려 병어 몇 마리를 털어 실었다. 우럭 조황은 좋지 않았으나, 고 선장이 아이스박스에 담아온 얼음에 살짝 재워두었다가 꺼내 썰어주던 병어 맛은 지금도 잊을 수가 없다. 고 선장이 직접 말은 하지 않았으나, 숭어 그물 매주느라고 수고했다는 답례로 나선 뱃놀이임을 나는 충분히 느낄 수 있었다. 병어 철이 지나고 한 달쯤 지나면 손톱만 한 병어들이 빤짝이며 그물에 가득 걸렸다. 예쁘고 가엾은 새끼 병어들과 은행잎은행잎만 한 크기의 병어 별칭들을 퍼담아, 뻘을 한참 걸어 나가서 물이 있는 곳에 살려주던 기억도 아련하게 빛난다.

고 선장은 밴댕이와 병어회를 뜨고 부인은 곁들이를 내온다. 그의 집 앞 나무 식탁에 회들이 차려진다. 밑반찬이 도시의 횟집처럼 풍성하지는 않다. 그렇지만 조촐한 식탁에는 정성도 함께 올라와 부족함이 없다.

순무로 담근 보라색 섞박지가 있다. 겨울철이 아니라 밴댕이(병어)섞박지가 아닌 것이 섭섭하긴 하다. 강화도에서는 밴댕이와 병어를 제철에 잡아 소금에 절여둔다. 그랬다가 김장철에 하루 정도 물에 우려낸 밴댕이나 병어를 나박나박 썬 순무에 버무려 밴댕이순무섞박지를 담근다. 섞박지가 익은 한겨울 밴댕이나 병어만

바람을 만나니 파도가 더 높아진다

을 골라 한 접시 꺼내놓고 술안주로 삼을 때면 다른 일체의 음식이 고개를 떨군다. 밴댕이순무섞박지는 가장 강화도다운 음식이라, 나는 귀한 손님이 올 때는 널리 수소문해서라도 구하기를 마다하지 않는다.

식탁엔 건강에 좋다는 함초퉁퉁마디 나물도 올라 있다. 함초 나물은 간을 안 해도 자체로 짭조름하다. 약초 연구가 최진규 씨의 말에 의하면 함초는 땅의 기운과 바다의 기운 경계인 뻘에서 나기 때문에 그 약효가 탁월하다고 한다. 녹용이 좋은 약재인 것도 몸은 여성적이고 뿔은 남성적인 사슴이 음과 양의 경계에 서 있는 동물이라 그렇다고 한다. 경계를 허물고 땅과 물이 이웃으로 어우러져 사는 뻘의 힘이 함초에 담겨 있나 보다.

깻잎에 함초를 올려놓고 된장 찍은 마늘과 병어회를 올려놓는다. 입 작은 병어는 담백하며 달고, 속 작은 밴댕이는 부드러우며 고소하다.

나는 십여 년간 같은 배를 타고 다녔으면서도, 서로 간에 사소한 오해로 거지반 일 년을 소원하게 지냈던 고 선장과의 시간들을 생각하며 예전에 썼던 짧은 시 한 편을 떠올려본다.

섬이 쓰고 바다가 그려주다

밴댕이
———

팥알만 한 속으로도
바다를 이해하고 사셨으니

자, 인사드려야지

이 분이
우리 선생님이셔!

섬이 쓰고 바다가 그려주다

밤길

밤길을 여러 번 걸어보았습니다. 밤에 길을 걸으면 길이 잘 들립니다. 길의 냄새가 잘 맡아집니다. 길이 조용합니다. 조용해서 소리의 길이 되기도 합니다. 논물 잡아놓은 논에서 개구리 울음소리가 미끈미끈 넘어와 길을 지나기도 하고요. 울음 선생 소쩍새 강의를 들을 수도 있지요. 잠시 걸음을 멈추어 서면 길이 얼마나 과묵한가를 느낄 수도 있고요. 아마 다들 그런 경험 있으실걸요. 머리카락이 쭈뼛쭈뼛 서는. 그때는 머리카락을 손이나 모자로 눌러주면 맘이 편안해집니다.

밤길 걷다가 목비고개 앞에서 걸음을 멈춘 적이 있지요. 안개가 나무 터널 어둠을 꽉 잡아놓으니까 한 발짝도 못 걷겠던데요.

바람이 불어 안개가 걷히길 기다리고 있는데 쓰윽 손전등이 텐트를 열고 나와 어둠을 더듬는 거 있죠. 안개 속이라 '광선 검'이 된 불빛으로 아카시아 꽃을 떠밀면서 "바람이 불지 말고 하루는 더 견뎌줘야 하는데" 하며 주위에 놓인 꿀벌 통을 비춰보는 거 있죠. 바람이 불길 기다리는 나와 바람이 불지 말기를 바라는 벌 치는 사내가 고개 앞에서 만난 한밤이었죠.

그래서 그냥 걸었지요. 그냥 발길을 내디뎠죠. 길이 보이지 않으니까 진짜 길이 보이더군요. 길이 보이지 않으니까 길이 더 절실하게 느껴지더군요.

지름길 버리고 살아가다 보면 만날 수도 있는 밤길. 살면서 더러 만나보는 건 어떨까요. 만나 길의 냄새, 길의 소리, 길의 침묵, 들어보는 건 어떨까요.

섬이 쓰고 바다가 그려주다

둘 ─────────── 추억을 데리고
눈이 내렸다

스피커가 다르다

개구리 울음소리가 쏟아진다

산등의 생김새가 다르고

들꽃의 향기가 다르고

논배미 물고의 깊이가 다르고

바람에 미루나무 잎새 펄럭임이 달라

기우는

달빛도 다르니

합창 즐기는 개구리 울음소리 저리 다르다

스피커가 달라

변한 귀가

변하지 않은 소리를 기억하는

고향의 밤

그 샘물줄기는
지금도
솟고 싶을까?

)

커다란 향나무 아래 바가지로 물을 떠먹는 샘이 하나 있었다. 그 샘에는 솟아오르는 물보다 떨어지는 참새 울음소리가 더 가득 고여 있었다. 그 샘물을 떠먹고 살던 아버지도 작은아버지도 외삼촌도 종수 아버지도 산속에 들었다. 나를 임신하고 갈증을 유난히 느껴 그 샘 고드름을 많이 따 먹었다는 어머니는 틀니를 한 지 수십 년이 되었다. 어머니를 뵈러 갔다가 충주시 노은면 문바위 고향집에 가보았다. 종수네 집은 허물어졌고 외갓집과 작은집은 흉가로 변해 있었다. 그 샘은 없었다. 그러나 그 샘이 있던 터에서 내 유년의 기억들이 솟아 찰찰 넘쳐났다. 네 집이 샘 하나에 옹기종기 매달려 살던 일이 아득하게 떠올랐다.

섬이 쓰고 바다가 그려주다

작은집 형과 얼음이 꽝꽝 언 냇가로 물고기를 잡으러 갔다. 얼음이 쩌—엉 쩡 울어 겁이 났다. 투명한 얼음장 밑을 느릿느릿 움직이는 물고기를 보고 형을 불렀다. 형이 물고기가 지나가는 얼음장 위를 도끼로 내리쳤다. 얼음장 전체가 내려앉을 듯 쩍 하고 금이 갔다. 도끼머리를 맞은 얼음장 부위가 허옇게 부스러져 물고기가 보이지 않았다. 형이 도끼날로 얼음을 찍어 구멍을 뚫었다. 얼음 쪼가리를 걷어내는 형의 언 손이 붉었다. 기절한 붕어가 떠올랐다. 나는 댕댕이 끈을 짜 만든 종다래끼에 붕어를 담았다. 손이 시리면 아카시아 삭정이를 주워 모아 모닥불을 지펴 녹이며, 고기를 기절시켜 잡는 '꽈당'을 계속 놓아 피라미도 잡고 구구락지도 잡았다.

겨울 짧은 해가 수리산에 걸리고 한 집 두 집 군불 때는 연기가 굴뚝에서 올랐다. 빨리 돌아오라는 신호라도 받은 듯 형이 서둘렀다.

"가자. 큰어머니 메밀묵 쑤는 날이다."

집으로 돌아와 쇠죽 가마솥에 불을 땠다. 쇠죽 가마솥이 눈물을 흘리고 외양간에서 소가 워낭을 달랑달랑 흔들었다. 여물 익는 단내가 집 안에 퍼졌다.

손님이 나타났다. 조그만 몸 까불며 나무 삭정이로 만든 울타리를 넘어와 수챗구멍을 기웃거리는 굴뚝새다. 굴뚝새는 약아서

덫에 걸리지 않아 새 잘 잡기로 소문난 작은집 형도 잡아보지 못했다. 굴뚝새가 날아가고 땅거미가 내렸다. 눈동자가 커지고 바빠졌다. 우물가 향나무에서 쩍쩍거리던 참새들이 누구네 집 처마 밑으로 잠자러 들어가나 잘 살펴놓으란 작은집 형 말이 떠올랐기 때문이다.

이웃에 사는 외갓집 식구들과 작은집 식구들을 부르러 갔다. 밭에 쌓여 있는 눈 때문에 길이 훤했다. '호랑이 앞잡이'라는 부엉이가 부엉부엉 울어도 무섭지 않았다.

맛있게 익었다며 살얼음 서걱서걱거리는 동치미를 든 외숙모님 앞세우고 외갓집 식구들이 왔다. 작은아버지 헛기침 소리가 먼저 문을 열고 총각무에 찐 고구마를 든 작은집 식구들도 뒤따라왔다.

작은어머니랑 외숙모가 부엌으로 나가고 누이들이 상을 펴고 작은집 형이 숨 헐떡이며 뛰어갔다 와 호야등 하나를 더 밝혀 달았다. 얼음을 깨 잡은 물고기 조림에 막걸리 한 주전자가 먼저 상에 차려지고 작은아버지, 외삼촌, 아버지가 술을 드셨다.

"아랫마을 종부가 또 돌아왔다네유."

"작년에는 안 돌아왔었남. 고구마 퉁가리에 고구마 떨어져 꺄꾸로 넹겨박혀 끄낼 때쯤이면, 개, 또 떠날걸. 서울 가 기술 배워서 자수성간지 뭐시진 해 금의환향하겠다고 핀지 써놓고."

"그래도 추운디 객지에서 고생 않고 고향에 내려와 고구마라

섬이 쓰고 바다가 그려주다

도 파먹는 게 부모 맴이야 팬치유."

어른들 말씀이 이어지고 쟁반 가득 묵이 들어오고 작은어머니가 잰 손놀림으로 묵채를 썰고 외숙모가 쫑쫑쫑 도마질 소리를 내며 김치를 잘게 썰고 한 그릇 두 그릇 어머니가 깨소금을 치고 시큼한 김칫국물을 부으며 묵을 말고 부엉이가 울고 밤이 깊어가고…… 건너 마을 누가 눈에 홀려 밤새 고생했다는 이야기에서 텁텁한 막걸리 냄새가 나고…… 찐 고구마를 동치미에 곁들여 먹고 점심에 김치죽을 짜게 먹어서 그런지 목마르다며 누이들이 바가지 샘으로 고드름을 따 먹으러 가고 그새 함박눈이 내리기 시작하고…… 밤이 더 깊어가고…….

작은집, 외갓집 형들과 참새를 잡으러 가는 길에 눈이 폭설로 바뀌었다. 손전등 불빛 가득 나비 떼처럼 눈송이들이 쏟아졌고 앞서가는 작은집 형은 눈으로 만든 사다리를 어깨에 걸머메고 걸었다. 토끼털로 만든 귀마개에 쌓인 눈이 녹아 귓바퀴에 물기가 흘렀다.

쉿!

형들이 조용조용 손전등으로 이엉을 두툼하게 얹은 종수네 집 처마를 훑어나갔다. 그러다가 구멍을 발견하면 외사촌 형들이 허공에 사다리를 세워 지탱하고 작은집 형이 손전등을 구멍에 비추며 올라갔다. 불을 딴 곳에 비추면 새가 날아간다며 내리는 눈

때문에 사다리에서 미끄러져 떨어질 뻔하면서도 구멍에서 불빛을 떼지 않았다.

새들은 잘 잡히지 않았다. 내리는 눈에 주위가 환해 참새들이 호로록 호로록 날아갔다. 작은집 형이 쥐를 덥석 움켜잡아 깨물리며 미끄러운 사다리에서 떨어질 뻔했다. 새를 꿰려고 가지고 다니던 새끼줄을 버렸다. 형들은 눈이 많이 내리니 내일 토끼 사냥을 기지며 새를 잡지 못한 시운힘을 딜랬다. 토끼는 앞다리가 짧아 내리몰기만 하면 굴러서 쉽게 잡을 수 있다는 작전을 짜고 사촌형들이 눈발 속으로 헤어졌다.

그날 밤 토끼몰이를 간다는 말에 신이 나 얕은 잠을 자는 내 귀로 눈 쌓인 소나무 가지 부러지는 소리가 서너 번 들렸다.

섬이 쓰고 바다가 그려주다

추억 속의
라디오

)

지금도 초등학교에서 '가정 형편 조사'라는 것을 하는지 모르 겠다. 티브이 있는 사람 손들어, 자전거 있는 사람, 시계 있는 사 람, 책상 있는 사람, 라디오 있는 사람……. 가정 형편이 힘들었던 나는 한 번도 손들 기회가 없었다. 아버지 어머니 다 살아계신 사 람 손들어. 끝내 손들 기회가 없을 것이라고 포기하다가 손 한 번 들 기회가 왔다 싶어 자신 있게 번쩍 손을 치켜들려는 순간, 손 내 리고, 이번엔 너무 많으니까, 아버지 돌아가신 사람, 어머니 돌아 가신 사람…….

초등학교 시절 가정 형편 조사는 손 한 번 들어보지 못하고 끝나곤 했다. 그럴 때마다 나는 내가 학교 들어오기 전까지 우리 집 벽 한쪽에 매달려 있던 스피커를 생각했다. 그 스피커가 없어지지 않았더라면 나는 라디오 있는 사람 손들라고 할 때, 자신 있게 손을 들 수 있었을 텐데.

　내가 아주 어렸을 때 우리 집에는 스피커가 있었다. 면 소재지가 있는 장터에서 출발한 스피커 삐삐선은 큰길가 미루나무 가로수를 타고 야산의 나무들을 지나 오 리를 달려와 집 앞 대추나무 가지를 통과히며 우리 집까지 연결되어 있었다.
　언젠가 한번 사촌형을 따라 면 소재지에 갔다. 사촌형이 나를 데리고 어딘가로 향했다. 장터 사거리에서 금광촌이 있는 골목으로 접어들고 세 집쯤 지나쳤을까, 사촌형이 걸음을 멈췄다. 유리문 안쪽에서 파랗고 붉은 불빛들이 반짝였다.
　"저기서 스피커 방송을 보내는 거야. 이 집이 방송국이야."
　방송이란 말도 모르는 나는 그저 그 작은 꼬마전등 불빛이 마냥 신기해 유리창 너머를 넋을 놓고 들여다보았다. 전깃불이 들어오지 않는 동네에 살아 석유 등잔불을 켜다가 어머니가 바느질하려고 촛불만 켜도 너무 환해 잠이 오지 않던 내게 그 작은 색 불들은 경이로움 그 자체로 다가왔다. 양철 지붕 방송국을 보고 돌아오는 내내도 작은 전등 불빛들이 눈앞에서 반딧불이처럼 반짝이며 길을 지웠다.

　삼십여 년이 지난 지금 내 머리맡에 녹두알만 한 불빛을 켠

　섬이 쓰고 바다가 그려주다

라디오가 있다. 라디오는 대중 매체 중 나의 가장 친한 친구이다. 내가 살고 있는 이곳은 신문이 하루 늦게 들어오기 때문에 나는 신문을 보지 않는다. 티브이를 보지 않으며 생활한 지도 벌써 십여 년이 다 되어간다. 그러니 자연 라디오와 친하게 지낼밖에.

라디오는 내게 슬픈 소식을 전해주기도 했다. 1985년 단기 사병으로 복무할 때 밤 근무를 위해 탔던 버스에서 들은 소식도 그중 하나다. 여덟 명이 사망한 '고한 탄광촌 광부 매몰 사건'. 큰 집 사촌형이 죽었다는 소식이 아나운서의 목소리를 통해 들렸고 나는 도시락이 든 가방을 든 채 우두망찰해 서 있었다. 그렇지만 라디오는 기쁨에 찬 나의 손을 들어주기도 했다. 지방 방송이 각 중학교 우수 졸업자 명단 발표를 통해 근동에 사는 친척들 앞에 어려서 그렇게 들고 싶어도 들지 못했던 나의 손을 들어주기도 했다.

유선 방송국. 라디오 하나로 전파를 수신하고 거기서 수신한 전파를 간단한 발신기를 이용해 이 동네 저 동네 이 집 저 집으로 배달하던, 본체 하나에 스피커 수십 개가 주렁주렁 달린 기계. 지금으로 말하면 유선 방송국 같은 '스피커 라디오'가 내가 만난 최초의 라디오였다.

지금은 그 스피커 라디오에서 흘러나오던 방송 내용은 잘 기억나지 않는다. 노래가 흘러나왔고 무슨 연속극을 듣는다고 사람

섬이 쓰고 바다가 그려주다

들이 모여들었고 동네 아주머니들이 간단한 일거리를 챙겨와 방송을 들으며 수다를 떨던 기억과 스피커가 없는 집에서 벼 타작 같은 큰일 잡아놓은 날의 일기예보를 물으러 왔던 기억 정도가 흐릿할 뿐이다.

그런데 스피커 라디오의 외형만은 내 기억 속에 또렷하게 남아 있다. 쌀되만 한 크기의 나무상자, 좌우로 비틀어 끄고 켤 수 있는 밤톨만 한 스위치방송을 끄고 켜는 일은 거의 없었다. 항상 스위치는 켜져 있었고 방송을 보내는 곳에서 끄고 켰을 뿐, 가운데 자리 잡고 있던 스피커 울림 천. 스피커 라디오의 외형에 대한 기억이 세월이 지난 지금도 남아 있는 이유는 스피커 방송이 중단되고도 그 자리에 먼지를 뒤집어쓴 채 오랫동안 남아 있었기 때문일 것이다. 왜 어른들은 그때 방송도 나오지 않는 스피커를 그대로 걸어두었던 것일까. 매일 소리가 흘러나오던 한쪽 벽면이 허전해서였을까. 아니면 다시 방송이 재개된다는 소문이 있었던 것일까.

트랜지스터라디오가 나오고 스피커 라디오는 사람들의 관심 밖으로 밀려났다. 외갓집 큰누이가 밭에 풀을 뽑으러 나가면서 라디오를 들고 다녔고 과수원을 하는 이모부는 원두막에서 라디오를 베고 잠을 잤다.

그쯤 스피커 라디오는 아이들 차지가 되었다. 그렇게 뜯어보고 싶었던 스피커 라디오를 분해해볼 기회가 왔던 것이다. 분해 결과는 허망했다. 스피커 통 속은 거의 비어 있었다. 자석과 작은 부품 몇 개가 전부였다. 스피커 라디오 부속품의 거지반을 차지하고 있던 커다란 말굽자석을 놀이기구로 얻은 게 그나마 위안이라면 위안이었다. 자석은 소리 내던 추억을 다 못 잊었는지 쇠만 만나면 '쩍쩍' 소리를 냈다. 붙여볼 쇠붙이가 그리 많지 않아 쇠붙이를 찾아 이곳저곳을 헤맸던 까마득한 옛 시절.

"함 시인, 내가 초등학교 삼 학년 때 고향을 떠나 도시로 전학 가는데 동네 친구들이 선물을 건네주는 거 있지. 그게 뭔지 알아? 스피커에서 뜯은 말굽자석. 지금에서 생각해보면 꽤 상징적인 선물이지. 고향, 고향 친구, 내가 멀리 떠나왔어도 나를 당기는 힘이 그때 선물로 받은 스피커 말굽자석에서 나온 건 아닌지."

나와 출신 도가 다른 친구의 추억 속에도 스피커 라디오 말굽자석은 '철커덕' 들러붙어 있었다.

뱃멀미

)

울릉도 가는 배가 뜨지 않아 사흘을 기다렸다. 묵호항 근처에서 머물며 매일 아침 항구에 나가 배가 출항하는지를 물어보았다. 비가 많이 내리고 일본 앞바다에서 지진이 발생해 파도가 높고 해일이 일어 배가 출항하지 못한다고 했다.

배가 출항하는 날도 파도가 높았다. 전날 해일에 부서진 건물 잔해 부유물들이 방파제 안에 떠다녔다. 배가 뜨지 않아 기다렸던 손님들이 많았던지 배는 초만원이었다. 묵호항에서 친구와 같이 아욱된장국을 먹고 배에 올랐다.

"와―호, 와―호."

"좀 조용히들 해!"

방파제를 벗어나자 배가 놀이공원의 바이킹처럼 요동치기 시작했고 그 요동에 젊은 여자들이 소리를 지르자 나이 든 아주머니 한 분이 소리를 쳤다. 배가 피칭앞뒤로 흔들리는 것을 계속하며 방파제를 벗어나 십 분쯤 갔을 때였다.

"저것 좀 봐!"

"응, 오줌을 싸네."

두 명의 동료에게 어깨 부축을 받으면서 통로를 걸어가고 있는 여대생쯤 보이는 젊은 처녀의 짧은 반바지에서 오줌이 떨어지고 있었다. 파도를 타고 솟아올랐던 배가 휙 머리를 숙이자 세 처녀들은 무릎이 휘청 꺾였고 거의 주저앉을 뻔하다 가까스로 몸의 균형을 잡았다. 부축하는 자와 부축당하는 자를 분별할 수 없는 상황이었다. 배 뒤편에 있는 화장실 근처에 이르렀을 때 세 처녀 중 하나가 볼이 볼록하게 물고 있던 토사물을 터트렸다. 쉰내가 진동을 했다.

배의 흔들림은 멈출 줄 몰랐고 속이 메스꺼웠다. 술 취한 사람처럼 휘청거리며 비닐봉지를 들고 배 뒷전으로 갔다. 화장실이 꽉 차 들어갈 수 없어 자리가 나길 기다리다가 토악질을 했다. 나와 처지가 비슷한 사람들이 한두 명이 아니었다.

"조금만 더 가봐라, 화장실은 뭔 화장실."

배 뒤 갑판에 누워 있는 청년 하나가 속이 안 좋아 다급하게 화장실 쪽으로 몰려오는 사람들을 보고 혼잣말을 했다. 울릉도가 고향이라는 청년의 말을 듣고 그래도 멀미가 덜하다는 배 뒤 갑

섬이 쓰고 바다가 그려주다

판에 자리를 잡고 누웠다. 시간이 지날수록 구토하는 사람들 수가 늘어났고 선원들이 다급하게 배 브리지를 오르내렸다. 그렇게 얼마를 더 갔을까, 화장실에 들어갔던 처녀가 엉금엉금 바닥을 기어 나오다 문을 허리에 걸고 누워버렸다. 어지럼증이 나 힘들었지만 고개를 들고 선실 안을 들여다보았다. 선실 안도 사람들이 나뒹굴기는 마찬가지였다. 내 엉덩이 내 발끝에도 젊은 여자들이 널브러져 있었다. 여름 짧은 옷 때문에 맨살이 닿아도 귀찮기만 할 뿐 이성에 대한 느낌은 하나도 들지 않았다.

급기야 선원들의 발자국 소리가 다급하게 울리고 배가 표류하기 시작했다. 그때까지 지정 좌석에 앉아 있던 친구가 내 이름을 부르며 다가왔다. 내가 원양어선을 타봤어도 이렇게 흔들리는 배는 처음이라고, 배가 넘어가면 체온이 내려가니까 옷은 벗지 말고 신발만 벗고 구명조끼를 단단하게 묶으라고 일러주었다. 친구는 선원증을 보여주며 브리지로 올라가려고 했으나 선원들이 길을 가로막았다. 배가 넘어간다고 해도 구명조끼가 있는 선실 안으로 기어들어갈 기력조차 남아 있지 않았다. 십 분쯤 표류하던 배가 가까스로 시동을 걸고 다시 항해를 했다. 거의 혼수상태가 되었고, 그 와중에 뱃멀미 고문을 당한다면 입 안 열 수가 없겠구나 하는 생각이 들었다. 작은 바윗돌이라도 하나 보이면 죽든 살든 뛰어내리고 싶었다.

"섬이 보인다!"

누군가의 외침에 힘을 내 간신히 일어나보니 멀리 흐릿하게 섬이 보였다. 그제야 친구와 가방이 생각나 선실을 들여다보았다. 삼백오십여 명 승객 중 의자에 앉아 있는 사람은 거의 없었다. 승객들은 윷가락처럼 바닥에 뒹굴고 있었다. 그런데 눈에 들어오는 한 장면은 좀 충격적이었다. 비구니 스님 다섯 분이 반지르르한 머리를 곧추세우고 자세 하나 안 흐트러뜨리고 단아하게 의자에 앉아 있었다. 손에는 검은 아욱국 토사물 비치는 투명 비닐봉지가 들려 있었다.

제복의 힘이었을까, 죽음에 대한 두려움 앞에 수도자들이 나약함을 보일 수 없어서였을까, 육체의 괴로움을 인정할 수 없어서였을까, 아비규환 같은 배 안의 현실과 고해 바다라는 인생살이가 무엇이 다를까, 라는 화두를 붙들고 있어서일까.

배는 한 시간 지연되어 항구에 도착했다. 토사물이 할퀸 목구멍으로 비린 바람이 화하게 들어왔다. 먼저 와서 우리를 기다리던 친구가 오징어회와 초고추장을 들고 쩌벅쩌벅 다가왔다.

목구멍이 뜨끔거렸다.

내 인생의
축구

)

"아주 티브이를 끼고 사싯껴? 형님 거 재방송 그만 보고 바다에나 나갑시다."

"보고 또 봐도 재미있는데……."

티브이 없이 살던 내가 월드컵을 보려고 구입한 중고 티브이를 보고 있을 때 붉은 스카프를 맨 '승리호' 선장이 찾아왔다.

분오리 포구에서 배를 탔다. 낚시꾼들 표정이 밝았다. 아니, 온통 붉었다. 남자 조사님들도 여자 조사님들도 어린이 조사님도 다 붉은 옷을 입고 있었다. 낚싯배가 다른 날보다 더 시원하게 푸른 물결을 가르며 질주했다. 낚시꾼들은 갑판에 둘러앉아 선장이 집에서 준비해온 모시조갯국을 데워 김밥과 캔 맥주를 마셨다.

"박지성이 차 넣은 골은 완전 예술이데, 예술!"

저렇게 술이 한 순배 돌면 낚시꾼 특유의 허풍 섞인 낚시 경험담이 전개될 법도 한데 어찌 된 일인지 축구 얘기 일색이다.

배는 어느새 신도, 시도를 지나 모도 앞을 달리고 있다. 낚싯줄에 바늘을 매고 미끼를 정리해야 하는데 낚시는 뒷전이다. 보다 못한 선장이 웃으면서 안전요원으로 탄 나를 불러 낚시 채비시키라고 한다.

"학교에 티브이를 사왔는데 그 안에서 사람들이 걸어다녀. 뛰면서 머리 노란 사람들이 공도 차고."

학교에서 돌아온 누이가 흥분된 어조로 티브이 처음 본 소감을 가족들 앞에 늘어놓았다. 다음 날 나는 일곱 살 먹은 동갑내기 사촌과 오 리 정도를 걸어 초등학교에 갔다. 초등학교 건물에 국기 게양대보다도 높이 티브이가 설치되어 있었다. 사촌과 티브이를 반나절 지켜보아도 사람이 걸어다니고 공을 차기는커녕 사람은 나타나지도 않고 참새 두 마리가 우리를 지켜보다 날아갔다. 저렇게 높은 곳에서 사람이 어떻게 걸어다닐 수 있단 말인가. 바람에도 흔들리는 저 높은 곳에서 공은 또 어떻게 찰 수 있단 말인가. 누이가 거짓말한 것으로 결론을 내리고 사촌과 나는 첫 티브이 보기를, 머리 노란 외국인 공 차는 것 보기를 포기하고 돌아왔다. 시골에 처음으로 티브이가 들어왔고 나는 그때 높이 설치된 실외 안테나를 티브이로 알았던 것이다.

섬이 쓰고 바다가 그려주다

낚시 목적지인 장봉도 앞바다에 닻을 던졌다. 선두리 포구, 미루지 포구, 월미도에서 출항한 배, 장봉도에서 나온 배…… 낚싯배 이십여 척이 비슷한 시간에 도착해 저마다 낚시 포인트에 자리를 잡았다.

'서해호'를 타고 나오며 술 한잔 걸친 낚시꾼들이 먼저 우럭 한 마리를 걸어내자 '서해호'에 타고 있던 낚시꾼들이 응원가 리듬에 맞춰 "대~한민국"을 외쳤다. 곧이어 내가 타고 있는 '승리호'에서도 개우럭 큰 놈을 걸어 올리며 "대~한민국"을 외쳤다. 그 다음으로 장봉도에서 나온 배에서 고기를 떨구고도 "대~한민국" 소리가 터져나왔다. 물이 나며 수위가 낮아질수록 대~한민국 소리는 더 자주 크게 경쟁하듯 터져나왔다.

'승리호'에서 우럭을 잡아 올리면 '승리호'에 탄 붉은 옷을 입은 낚시꾼 모두가 대~한민국. '서해호'에서 놀래미를 잡으며 대~한민국. 그 이웃 배에서 망둥이를 잡고도 대~한민국. 흥이 난 낚시꾼들은 다른 배에서 고기를 잡아도 낚싯대를 놓고 짝짝짝 짝짝 박수를 보내며 대~한민국을 외쳤다. 교인들이 낚시 놀이를 단체로 나왔는지 처음엔 할렐루야를 외치던 배에서도 대~한민국을 외쳤고 낚시 조끼를 입고 있던 사람들도 조끼를 벗어 붉은색으로 옷을 통일했다. 푸른 바다 위, 이십여 척의 붉은 배에서 터져나오는 유쾌한 웃음소리에 갈매기 떼가 어리둥절 날아올랐다.

초등학교 사 학년 때 축구부에 들어갔는데 축구부가 해체되었다. 학교 축구부가 해체되자 우린 동네 축구부를 만들기로 했다. 선배를 따라다니며 칡 끈을 끊어 팔았다. 또 담배 밭에서 폐비닐을 걷어 개울로 가져가 물에 빨아 돌밭에 말렸다가 팔기도 했고 집집마다 다니며 빈 병이나 쇠붙이를 주워 팔았다. 뱀, 개구리, 물고기도 잡아 팔았다.

해서, 고무 축구공 스무 개와 '나이롱 수영 빤스'를 하나씩 사 입었다. 윗도리는 하얀 조끼 '난닝구'로 통일하기로 했다. 망태기에 메고 온 공 이십여 개를 내려놓고 파란 수영복에 하얀, 대개는 누리끼리한 '난닝구'를 입고 운동장에 집합해 축구부 출신인 선배의 호각 소리에 맞춰 공 몰기 연습을 했다. 복장을 갖추니 다른 때보다 공이 더 잘 차지는 것 같았다. 그날 운동의 끝으로 슈팅 연습을 했다. 나는 골키퍼를 보았다. 힘들었다. 더러는 운동화를 신기도 했으나 맨발로 차는 고무공은 대부분 다 '바나나 킥'으로 날아왔다. 첫 연습 날 공이 담장 위 유리 조각과 가시철조망과 교문 창살에 꽂혀 세 개나 터졌다. 땀 흘려 달라붙은 '빤스'에 고추가 비치는 선배가 심각한 얼굴로 찢어진 공을 살폈다.

파도도 숨을 죽여서 물이 잔잔했다. 낚시꾼들의 부탁으로 이웃 배와 배를 묶었다. 낚시꾼들은 아니, 낚시하는 '붉은악마들'은 벌써 서로 잡은 고기와 음식을 나눠 먹고 밑감을 나누고 한 친구가 되어 있었다.

"미국전은 제너럴샤만호, 신미양요 생각하면서, 미국 함대 다섯 척과 맞섰던 초지진에 나가 봤시다."

강화도 사람들은 어디서 월드컵을 보느냐는 말에 내가 대답했더니 박수를 보내오고 다시 대~한민국을 외친다. 나도 목청껏 따라 외친다.

안테나가 티브인 줄 알 정도로 깊은 산골에서 태어나 국가대표 축구 골키퍼가 되는 것이 꿈이었던 내 머릿속으로 깡다구 이세연, 펀칭 변호영, 순발력 크메르 림샥, 폼생폼사 인도네시아 무앙스린, 얄미운 이스라엘 이섶빠, 유년 시절 인상적이었던 골키퍼들이 주마등처럼 스쳐 지나갔다.

붉은 축구공처럼 둥근 석양을 등지고 돌아오는 길에도 낚시꾼들의 호쾌한 웃음과 축구 얘기는 그치지 않는다. 그들의 마음에 동화되었는지 푸른 바다도 붉은 옷을 꺼내 뒤척뒤척 갈아입는 것이었다.

———— 섬이 쓰고 바다가 그려주다

스테인리스스틸
이남박

)

새벽이다. 싱크대 곁에 있는 한 말 들이 작은 항아리에서 쌀을 푼다. 한 컵, 두 컵, 점심까지 챙긴다. 항아리 뚜껑을 닫는다. 쌀이 꽉 찼을 때보다 항아리 뚜껑 부딪치는 소리가 맑고 깊다.

방바닥에 흘린 쌀알을 찾는다. 쌀 톨 몇 개를 검지로 찍어 담는다. 쌀 톨을 필요 이상으로 꾹 눌러 손끝을 지압한다. 쌀의 기운이 금방 전해지는지 손톱이 붉어진다. '밥을 잘 챙겨 먹어야 한다' 고, '오죽하면 기운 기氣자에 쌀 미米자가 들어 있겠냐'고 하던 유학자의 말이 떠오른다.

쌀알이 방바닥에 부딪치던 횟수를 떠올려보며 주위를 두리번거린다. 쌀을 버리는 것은 다른 것을 버리는 것에 비해 유난히 아깝다. 거리에 버려진 동전도 몇 번 그냥 지나쳤던 내가 아닌가. 쌀에는 돈으로 따질 수 없는 그 무엇이 담겨 있나 보다. 실수로 쌀 한 톨이 개수통으로 버려질 때, 아까움을 넘어 죄스러운 마음까지 든다. 이것만 봐도 쌀에는 분명 어떤 신성한 힘이 깃들어 있나 보다.

쌀을 퍼 담은 이남박에 물을 잡는다. 스테인리스스틸 이남박이다. 물을 적게 잡으면 손바닥으로 쌀을 씻을 때, 쌀알들이 이남박의 위쪽 물 없는 부위에 달라붙는다. 그러면 일일이 쌀을 떼어 다시 물속으로 밀어 넣어야 하는 번거로움이 따른다. 그렇다고 무조건 물을 풍족하게 잡다 보면 물살을 타고 쌀이 이남박을 넘기 십상이다. 말 그대로 경험에 비춰 적당히 잡아야 연속적으로 손을 놀려 쌀을 씻을 수 있다.

스윽, 스걱 — 스윽, 스걱 —

쌀 이는 소리는 마음을 차분하게 가라앉힌다. 어려서 새벽 잠결에 듣던 쌀 이는 소리는 또 얼마나 반갑고 기쁜 소리였던가. 어느새 쌀뜨물이 뽀얗다. 쌀뜨물 속 쌀들이 보이지 않는다. 쌀뜨물의 빛깔은 젖빛이다. 생명의 빛이다. 어찌 식물의 빛이 포유동물들의 젖빛과 같을까 생각하면 마냥 신기하기도 하다.

외갓집 논가 미루나무 아래서 바가지에 들밥을 나눠먹던 기억이 떠오른다. 그 가볍던 바가지의 느낌이 살아나, 손바닥을 펴 없는 바가지를 들어본다. 바가지의 무게가 달린다. 가볍다. 무거운 사기그릇을 밀어내고 등장한 스테인리스스틸 그릇의 무게도 달

린다. 어머니가 당시 유행하던 '스뎅그릇계^꼃'의 순번이 되어 타온 스테인리스스틸 그릇들은 빛났다. 밥사발을 아랫목 이불 속에 묻어두기 시작한 것도 뚜껑이 있는 스테인리스스틸 그릇이 생긴 후부터였다.

이남박을 들고 흔들며 쌀을 일어 전기밥솥에 담는다. 뉘도 돌도 없다. 요즘이야 밥 먹다 돌 씹는 일이 거의 없지만 예전에는 간간히 돌이 우지끈! 씹히곤 했다. 정미소의 시설이 낙후되어 돌이 씹혔을 것이다.

그렇지만, 더러는 어머니의 비어가는 쌀독 걱정과 나이 차가는 누이의 집 떠나고 싶은 마음을 틈 본 돌도 있었을 거라는 생각이 들자 우지끈! 마음이 씹힌다. 쌀알들이 시린 이빨들로 보인다.

스테인리스스틸 이남박. 그래, 기억 중에도 녹슬지 않는 스테인리스 기억이 있나 보다.

돌 2
————

돌도 없는 쌀을 인다
요즘이야
밥 먹다 돌 씹는 일이 거의 없지만

우지끈!

어머니의 비어가는 쌀독 걱정

나이 차가는 누이의 집 떠나고 싶은 마음

틈 본

돌이었던가

우지끈!

마음이 씹혀

쌀뜨물 속에 멈춘 손바닥

아래

시린 이빨들

첫눈

)

눈을 쓸려고 빗자루를 들고 대문을 나섰습니다. 세상이 온통 하얗고 고요합니다. 눈 쓰는 빗자루질 소리. 빗자루질을 하다가 멈췄습니다. 처음 찾아오신 눈인데 빗자루로 쓸어버리다니 너무 야박하다는 생각이 들었기 때문입니다. 마당에서 도로로 이어지는 길과 화장실 가는 밭둑길만 내놓고 눈 쓸기를 그만두었습니다.

'첫, 눈, 환, 영!'

곱게 눈 내린 마당 도화지에 빗자루 글씨를 써놓고 우두커니 서서 바라봅니다. 흰 바탕에 흰 글씨를 눈에 젖는 가로등 불빛이 읽어줍니다. 눈은 수줍은지 '환영한다'는 글씨를 소리 나지 않게 지우며 또 내립니다. 나는 몸에 내린 눈을 털어버리지 않고 가만히 서서 나무 흉내를 내봅니다. 귓불에 내린 눈이 따뜻하게 속삭

섬이 쓰고 바다가 그려주다

이며 몸속으로 스며들어옵니다.

'나무야, 고욤나무야! 눈이 뭐라고 말하는 거니? 통역 좀 해줄래?'

눈 맞는 데 선수인 나무에게 물어봅니다. 마당가에 서 있는 고욤나무는 대답이 없습니다.

문득 초등학교 삼 학년 때 일이 떠오릅니다. 외갓집에서 잠을 자고 새벽길을 나섰습니다. 이른 시간이었지만 눈이 많이 내려 사방이 훤해 무섭지는 않았습니다. 반 시간 정도 걸리는 길을 혼자 뽀드득뽀드득 발자국 소리 들으며 걷고 있었습니다. 논둑을 지나 개울둑으로 접어들자 앞서간 발자국이 하나 나타났습니다. 발자국을 한참 발맘발맘 따라 걸었을 때였습니다. 발자국 사이사이를 작은 빗자루 자국이 따라가고 있었습니다. 빗자루 자국이 점점 더 선명해지고 커졌습니다. 개울가에서 기와를 찍던 공장에 다다랐을 때 걸음을 멈추었습니다. 복조리 두 꾸러미가 떨어져 있었습니다. 가슴이 뛰었습니다. 주워 들고 갈까 생각하다가 가슴이 콩콩 뛰어 그냥 집으로 향했습니다. 집이 가까워질수록 발걸음이 빨라졌습니다.

누나에게 기와공장 근처에서 본 복조리 이야기를 했더니 주우러 가자고 했습니다. 그래서 다시 집을 나서는데 눈을 쓸고 있던 이웃집 영자 누나가 어디 가냐며 같이 가자고 따라나섰습니다.

막무가내로 따라오는 영자 누나를 어찌할 수 없어 셋이 같이 걸었습니다. 기와공장이 나타나자 누나가 갑자기 달리기 시합을 하자고 했습니다. 내가 어리니까 먼저 출발시키자고 누나가 말했습니다.

눈길을 내달렸습니다. 뒤를 쫓는 발자국 소리. 멀리 복조리가 그대로 있었습니다. 야, 빨리 주워! 누나의 외침이 들렸습니다. 대나무 복조리 이십여 개를 주워 들자 두 누나가 숨을 몰아쉬며 다가왔습니다. 누나가 까르르 까르르 웃으며 이제 볼일 다 봤으니 집으로 돌아가자고 말하자 눈치로 상황을 파악한 영자 누나는 누나의 꾀에 속은 게 분한지 입술을 깨물며 토라졌습니다. 돌아오는 길에 영자 누나는 말없이 툭툭 눈을 차며 앞서 걸었습니다. 한참을 걸어오다 누나가 영자 누나를 불러 세우고 복조리 한 꾸러미를 주었습니다.

낮은 담을 사이에 두고 어머니와 영자 누나 어머니가 마주 서서 나누는 이야기가 들렸습니다. "애들이 주워 온 거니까, 복조리 돌린 청년들이 쌀 걷으러 오면 더 주고 그냥 쓰지, 뭐." "복 받아 두 집 다 장사나 잘되었으면 좋겠네. 참나, 살다가 별……."

땡그렁 땡~ 집 뒤 교회 종소리가 울립니다. 아랫마을에서 고갯길을 넘어오는 할머니 한 분이 성경책을 들고 눈발 속에서 걸어

나옵니다. 눈사람처럼 마당에 가만히 서 있으면 할머니가 놀랄 것 같아 대문 안으로 들어섭니다.

첫눈이 침묵으로 추억을 떠올려주며 내리고 있습니다.

셋 ——————————— 통증도
희망이다

긍정적인 밥

시詩 한 편에 삼만 원이면
너무 박하다 싶다가도
쌀이 두 말인데 생각하면
금방 마음이 따뜻한 밥이 되네

시집 한 권에 삼천 원이면
든 공에 비해 헐하다 싶다가도
국밥이 한 그릇인데
내 시집이 국밥 한 그릇만큼
사람들 가슴을 따뜻하게 덮여줄 수 있을까
생각하면 아직 멀기만 하네

섬이 쓰고 바다가 그려주다

시집이 한 권 팔리면

내게 삼백 원이 돌아온다

박리다 싶다가도

굵은 소금이 한 됫박인데 생각하면

푸른 바다처럼 상할 마음 하나 없네

사람들이
내게 준 희망

)

추워서 눈을 떴다. 다행이었다. 세 시간 후면 해가 뜬다. 전기 밥통의 밥을 비우고 물을 부어 끓였다. 천장에 매달린 백열전등 빛의 열기와 끓인 물 한 밥통의 온기로 밤을 견뎠다. 잠결에 너무 추워 밥통을 이불 속으로 끌어들였다. 이래도 추우면 어찌할 것인가. 밥통을 이불 밖에 다시 내놓았다. 한 가지 희망이라도 남겨놓지 않으면 얼어 죽을 것만 같은 밤이었다.

2001년 겨울 추위는 영하 15도까지 내려갔고 유난히 길었다. 나는 지금 따뜻한 옥 매트에 누워 그해의 추웠던 기록을 떠들쳐보며 무릎을 폈다 구부렸다 해본다. 뼈 부딪치는 소리가 사라지고 관절의 통증도 가셨다. 내 통증을 치료해준 '옥'이라는 동글납

작한 광물질을 만져본다. 일 년 동안 신통치 않은 내 수업을 들어준 '김포문예대학' 분들이 관절에 물이 차 절룩거리는 나를 보고 옥 매트를 구해줬다. 옥보다는 그분들의 따뜻한 마음의 약효가 더 컸을 것이다. 또 홍화씨 가루와 오가피나무가 든 약을 구해주었던 '인삼센터' 아줌마, 뼈에 이롭다고 생선회를 썰어준 동네 형님, 그 외 여러 사람들의 따뜻한 마음에 관절도 감동을 했었나 보다.

IMF 시절.

원고료 들어온 데가 없나 통장을 찍어보았다. 내역을 알 수 없는 돈 사십만 원이 입금되어 있었다. 입금자는 '신농백초한의'였다. 내 통장 번호를 알고 있는 출판사로 연락을 해보았다. 다행히도 전화번호를 적어놓고 통장 번호를 불러주었다고 했다. 전화를 걸었다.

"신문에 난 함 시인 기사를 보고 같이 일하는 한의원 식구들이 뜻을 모았으니 너무 부담감 갖지는 마세요."

1998년 문화관광부에서 주는 '오늘의 젊은 예술가상'을 받고 문학 담당 기자와 술을 먹었다. IMF 시대라 상금이 없어졌고 하여 동銅으로 된 조각품을 부상으로 주었는데, "쌀로 한 서 말 주었으면 더 좋았을 텐데"라고 내가 중얼거린 말이 기사화되었었다. 그 기사를 보고 쌀 세 가마니 살 수 있는 돈을 보내주셨던 신농백초한의원 님들 덕분에 보일러에 기름 두 드럼 넣고 한겨울을 따뜻하게 보냈던 일이 떠오른다.

세상에 고마워할 일이 이렇게 많구나, 갑자기 찾아온 통증이 감사한 마음이 들었던 기억을 되새겨주며 나도 누군가에게 따뜻한 존재가 되어야 한다는 마음마저 일깨워주니 통증도 희망이다.

고향에
돌아가리라

)

고개 들어 사방 어느 쪽 하늘을 쳐다보아도 새 세 마리는 날던 곳. 이슬에 젖은 벼 익는 찬 향기, 황금색 파도에 벼 낟알 부딪히는 소리. 어른들이 줄 서 벼를 베어나오면 논가로 쫓겨 몰려나오던 메뚜기들 살 오른 뒷다리. 곡식 중에 키가 제일 큰, 장수 같은 수수들의 묵직한 인사. 지푸라기 허리띠 꽉 묶고 노란 고갱이 채우던 배추 가시의 깔끄러운 감촉, 고구마 밭에 떨어지던 홍시의 달콤함. 물 밑 자갈을 읽으며 흘러내리던 개여울의 반짝임. 내 마음의 고향.

작년 추석 때 동네 사람들이 고향에 언제 갈 거냐고 자꾸 물었다. 나는 고향이 가까워서 하루면 갔다가 올 수 있다고 말꼬리

섬이 쓰고 바다가 그려주다

를 흐렸다. 고향에 안 간다는 사실이 창피하고 부끄러웠다. 추석 전날 서울로 외출을 했다. 신촌 피씨방에서 밀린 글을 쓰고 여관에서 하룻밤을 잤다. 티브이에서 고향이 그리워도 못 가는 북녘에 고향을 둔 실향민들 이야기가 나왔다. '그대들 쉽게 고향에 돌아가지 못하리라'라는 엘리엇의 시 구절을 생각하며 고향에 갈 수 있어도 못 가는 사람들의 쓸쓸함에 대해 생각해보았다.

큰일이었다. 신촌에 있는 이발소들이 문을 다 닫았다. 고향에 갔다 온 것처럼 보이려면 머리라도 깎아야 하는데, 미용실들마저 문을 다 닫아 걱정이 태산이었다. 난감해하던 끝에 이대 앞 미용실들이 떠올랐다. 용돈이 생긴 학생들이 머리를 할 것 같았다. 짐작대로 미용실들이 문을 열고 있어 머리를 깎고 나니 마치 고향에 다녀온 것처럼 마음이 조금은 가벼워졌다.

강화읍에서 군내버스를 기다리고 있는데, 내가 살고 있는 동네 친구가 전화를 했다. 읍에서 차 기다리고 있다고 하니까 빨리 전등사까지만 차를 타고 오라고 했다. 차를 타자 친구는 동네가 아닌 다른 마을로 차를 몰았다. 아니 왜 이리 가지? 묻자 처갓집에 가서 애들을 태우고 가자고 했다. 친구 처갓집 분위기가 이상했다. 밥상을 차려온 친구 장모님이 나를 살펴보시는 눈빛도 그렇고 장인어른이 가족 관계를 묻는 것도 그랬다. 매사에 성격이 활달한 친구 부인이 자기 여동생을 불렀다.

"아저씨 선보자고 하면 안 올 것이 뻔해서…… 내 동생 예쁘
지요?"

밥을 먹고 나자 친구 부인은 여동생과 나를 바닷가에 내려놓
고 늦게 오라 하고 휙 차를 몰고 떠났다.

지난번에 고향에 내려갔더니 어머니가 거짓말을 했다고 하시
더라고요. 친구 엄마가 제가 결혼했냐고 물어서 결혼은 못했는데
사귀는 여자는 있다고 하셨대요. 아가씨가 잘 웃어 기분이 좋기도
했지만 이렇다 할 직업도 없고 벌어놓은 재산 하나 없는 내게 자
기 친동생을 소개해준 친구 부인 마음이 고마워 더 기분이 좋았
다. 난생처음 선이라는 것을 보고 동네로 돌아왔다.

동네 익선이 형이 전화를 했다. 다래술이 잘 익었는데 술이나
한잔 하자고 했다. 객지에 사는 내가 안돼 보였던지 고기와 떡과
술을 차려주었다. 형은 내가 고향에 가지 못한 것을 아는 듯했다.
작년에 나는 고향에 가지 않고도 동네 사람들 따뜻한 마음에 행복
한 추석을 보냈었다.

올해는 고향에 갈 것이다. 이곳 특산품 사자발약쑥도 좀 사고
인삼도 사고 작은 짐 보따리 챙겨 들고 버스를 타고 덜컹덜컹 고
향에 갈 것이다. 가서 늙은 어머니 뵙고 옛길도 걸어보고 친구들
손목도 잡아보리라.

섬이 쓰고 바다가 그려주다

이십여 년 전 추석날이었다. 명절날이면 일찍 와 한복을 입고 남의 집 지방도 써주고 친구들을 만나 장기를 두며 호탕하게 웃던 큰형이 보이지 않았다.

"형이 왜 보이지 않죠?"

"여름에 네 형 죽었다. 네가 직장을 옮기고 연락이 되지 않아서……."

어린 조카를 데리고 형 산소를 갔다. "야, 우리 아빠 무덤 두 개가 되었네" 하고 새로 들어선 딴 사람 산소를 보고 좋아하던 조카. 그 조카가 벌써 커서 군대를 간다고 하니 고향에 가 그 조카와 함께 형 산소에도 가보리라.

봄

)

짝 찾는 새들의 울음소리가 한 옥타브 높아졌다. 봄이 왔나 보다. 거름 퍼 담는 트랙터 소리가 축사에서 들려오고 밭에 펼쳐놓은 거름 냄새가 바람에 묻어온다. 숭어 그물을 꿰매고 나무 말뚝을 깎는 어부들 마음은 벌써 만선인지 술 한잔 뒤에 풀어놓는 우스갯소리에 터지는 웃음소리가 물고기처럼 싱싱하게 튀어오른다. 아랫마을 논에서 볏짚 태우는 연기를 고추 대궁 태우는 연기로 밭에서 받아 윗마을로 봄이 왔다고 봉화를 전달하는 농부는 손사래로 연방 연기를 쫓다가 그래도 매운지 한 손으로 코를 움켜잡는다.

마을 산책길에서 만난 풍경에 내 마음도 덩달아 바빠졌다. 나

섬이 쓰고 바다가 그려주다

도 무슨 일이든 하고 싶어져서 산책을 접고 집으로 돌아와 청소를 했다. 아궁이에서 재도 퍼내고 빈 병들도 모아 내놓고 수돗가 물러진 얼음도 잘게 부수어 내다버렸다. 한 바구니 겨울옷도 빨아 봄볕에 널었다. 내친김에 창고처럼 사용하는 건넌방을 청소하다가 유리 조각에 발을 찔렀다.

"술 먹고 누구하고 싸웠냐? 방에 유리 조각을 그대로 놓고 어디 갔다가 왔냐?"

작년 가을 새우잡이 배를 타고 바다에 나갔다가 이틀 만에 돌아오니 어머니가 고향에서 올라와 계셨다.

"어머니가 자꾸 가보자고 해서 불쑥 찾아왔다. 뭘 그리 많이 챙겨놓으셨던지……. 너, 혼자 사냐?"

누나도 어머니처럼 내 표정을 살폈다.

당연히 혼자 산다고 말을 하면서 나는 어머니께 미안한 마음이 들었다. 한 달 전쯤 술을 먹고 있는데 이모가 전화를 걸어 혼자 사는 걸 탓하시기에 그냥 옆에 앉아 있던 여자 동료를 바꾸어주었고 그녀도 술김에 "이모님, 이모님" 하며 살갑게 전화를 받았었다. 그래서 어머니가 올라오셨고 방 안 꼬락서니를 보니 여자 흔적은 없고…… 싸움이라도 하고 여자가 집을 나가 보이지 않는 것은 아닐까 하고 깨진 병 유리 조각에 은근히 기대를 거는 것 같았다.

델몬트 병에 포도주를 담갔더니 술이 발효되며 터졌는데 새벽에 일찍 나가느라고 치우지 못했다고 하자 어머니와 누나는 적잖이 실망하는 눈빛이었다. 그날 밤 어머니가 놓고 간 짐을 정리하는데 여자 양말 몇 개와 바짓가랑이 짧은 트레이닝복이 가방에서 나왔다.

늙은 감나무도 싹을 틔우는 봄이다.

섬이 쓰고 바다가 그려주다

죄와 선물

)

올여름 뱀을 한 마리 죽였습니다.

나는 보이지 않는 것 중에는 전기가 제일 무섭고 보이는 것 중에서는 뱀이 제일 무섭습니다. 어려서는 뱀을 무서워하기는커녕 맨손으로 잡아 닭들에게 던져주기도 하고 집에서 기르던 부엉이나 매 먹이로 주기도 했었습니다. 또 친구들과 어울려 뱀을 잡아 팔아 용돈을 벌기도 했었습니다. 뱀이 사는 풀숲과 뱀이 살지 않는 풀숲을 알고 뱀이 나오는 시간 때도 알아 맨발로 풀숲을 막 다니기도 했었습니다.

지금은 뱀이 무서워 장화를 신지 않으면 풀숲에 들어가지 못합니다. 그런 나를 보고 이곳 섬 친구들과 형님들은 겁쟁이라 놀리며 '청도'들은 역시 다르다는 말을 던집니다. 한번 술자리에서 뱀에 대한 이야기가 나왔었는데 내가 어려서 꽃뱀에 물려보았고 뱀보다 먼저 흙을 먹으면 괜찮다는 말이 생각나 얼른 흙을 한 움큼 먹은 적이 있다는 말을 했었습니다. 그 술자리에 있던 동생 하나가 자기들은 뱀 꼬리를 잘라 주머니에 넣고 다니면 돈이 된다고 해서 뱀 꼬리를 주머니에 넣고 다녔다는 말을 했습니다. 그러자 한 형님이 '청도'들은 다르다는 말을 했습니다. 그 동생과 나는 고향이 같은 충청도인데 충청도 출신들을 비하해 부를 때 쓰는 말에서 '멍' 자를 빼고 그렇게 불렀습니다. 그 후에도 나는 뱀 때문에 가끔 '청도'란 말을 들었습니다.

화장실 가는 밭둑길에서 뱀과 마주쳤습니다. 소스라치게 놀랐습니다. 나는 반사적으로 피하며 나무 작대기가 있나 주위를 살펴보았습니다. 흔하던 고추 말뚝 하나 보이지 않았습니다. 집으로 내달리며 뱀을 놓치지 말아야 한다고 생각했습니다. 몇 년 전에 놀러왔던 후배들이 그 장소에서 뱀을 보았는데 놓쳤다는 말이 떠올랐고 뱀은 본 자리에 다음해에 또 나타난다는 말이 떠올랐습니다. 허둥지둥 나무 작대기를 들고 되돌아가보니 뱀이 보이지 않았습니다. '큰일이 났다' 싶어졌습니다. 하루에도 수차례 오가는 길에 뱀이 살고 있다니 큰일이 아닐 수 없었습니다. 그때 풀이 흔들리며 뱀 기어가는 소리가 들렸습니다. 뱀이 처음 본 곳에서 조금 떨

섬이 쓰고 바다가 그려주다

어진 돌 틈으로 기어들어가고 있었습니다. 나는 나도 놀랐을 만큼 민첩한 동작으로 뱀을 눌렀습니다. 뱀이 구멍 속으로 삼분의 이 정도 들어간 상태였습니다. 뱀이 미끄러지지 않게 꾹 힘을 가하며 여러 생각들이 오갔습니다. 잠에서 깨 물 먹으러 가려다가 방에 들어온 뱀을 밟아 돌아가신 작은아버지가 생각났고, 작년에 뱀에 물려 지금도 이빨 자국이 남아 있는 동네 청년 손가락이, 개암 따 먹으러 갔다가 뱀에 물려 죽은 고향 선배가, 콩 심은 논두렁길을 가다 뱀에 물려 퉁퉁 부은 다리를 새끼줄로 묶고 리어카를 탄 채 보건소로 가던 고향 아주머니가 떠올랐습니다. 나는 나무 작대기 에 힘을 더 주었습니다.

뱀을 놓치고 나자 걱정이 더 커졌습니다. 그도 그럴 것이 하필 뱀 구멍이 길에 깔린 반 뼘 두께밖에 안 되는 돌 밑이었습니다.

"뱀이 꼬리를 잘라놓고 도망갔는데 죽을까?"

이곳저곳으로 전화를 걸어보았습니다. 대답들이 다 달랐습니다. 개미들이 달라붙어 죽는다고 하기도 하고 다시 꼬리가 나 산다고 하기도 했습니다. 죽이려 할 땐 언제고 꼬리 잘린 뱀이 고통받을 생각하니, 뱀을 죽였을 때보다도 더 마음이 무거워졌습니다. 어쩌다 내 눈에 띄어서, 왜 이곳에 살아서…… 구멍에 들어간 뱀을 죽일 생각도 해보았습니다. 어차피 죽을 것이라면 고통이라도 덜 받게 빨리 죽여주는 것이 나을 것 같았습니다. 휴지에 기름을 적셔 구멍에 밀어 넣고 불을 붙이면 뱀이 죽을 것 같았습니다. 개 한 마리를 죽이는 것과 이 한 마리를 죽이는 것은, 한 생명을 죽인 다는 점에서 같다는 이규보의 〈슬견설虱犬說〉을 떠올리며 모기 한 마리 죽이는 것과 같다는 생각도 해보았습니다. 또 죄의식 없이 식물을 죽이는 것보다 내가 잔인하다는 마음고생을 하니 덜 잔인 한 일이 아닌가 하는 자위도 해보았지만 끝내, 뱀 구멍에 불을 붙 일 수는 없었습니다.

장화를 신고 장갑을 끼고 나뭇가지에 화들짝 놀라기도 하며 밭둑을 깎아놓았습니다. 그래도 밤에는 그 돌을 밟고 지날 수가 없어 이슬에 젖으며 감자밭 고랑으로 다녔고 낮에도 뛰다시피 지 나쳤습니다. 그럴 때마다 뱀 구멍에 불을 지르지 못한 연약해진 마음이 밉기도 했지만 불을 지르지 않은 일은 정말 잘한 일이었 습니다. 뱀 구멍에서 미꾸라지만 한 새끼가 도망가는 것을 보았습 니다. 복수란 말도 생각나 걱정도 되었지만 불을 질러 새끼들마저 죽이지 않은 일이 그래도 작은 위안으로 다가왔습니다.

"뱀이 한 마리 죽어 있어서 내가 묻었어."

외출했다가 집에 돌아왔을 때 다니러 온 집주인 아저씨 말을 듣고 가슴이 철렁 내려앉았습니다. 뱀은 오 일을 구멍 속에서 견 디다가 바깥에 나와 죽었던 거였습니다. 새끼가 도망간 고구마 밭 으로 기어가다가 뱀은 죽었을 것 같았습니다. 뱀은 내가 수없이

심이 쓰고 바다가 그려주다

제 집 위를 밟고 지나도 나를 물지 않았었는데 나는 뱀을 보자마자 공격했으니……. 올여름 내가 죽인 뱀이 내게 시 한 편 써주었습니다.

소스라치다

뱀을 볼 때마다
소스라치게 놀란다고
말하는 사람들
사람들을 볼 때마다
소스라치게 놀랐을
뱀, 바위, 나무, 하늘
지상 모든
생명들

그리운
사진 한 장

⟩

아버지가 겨우내 일 가르친 소를 몰고 밭으로 나갑니다. 소에 돌 실은 나무 썰매 대신 쟁기를 겁니다. 소가 해찰할 때마다 아버지는 어뗘뗘뗘— 소리치시고 먼 산 진달래꽃 바라다보던 나도 뗘—뗘—뗘— 메아리 소리에 정신 차리고 앞에서 소를 끌고 갑니다. 소는 밭 가는 일이 힘든지 침을 길게 흘립니다. 소 콧구멍 속으로 혓바닥이 자주 들어갑니다. 갈아엎은 밭에 들새들이 날아와 분주하게 뛰어다닙니다. 밭 끝에서 소를 돌리며 멀리 마을 쪽을 바라다봅니다. 봄도 아지랑이로 공기를 더 따뜻하게 갈아엎고 있습니다. 술 주전자를 든 어머니가 밭길을 걸어 나옵니다. 아버지가 소를 쉬게 하며 도랑물을 먹입니다. 아버지 흉내 내며 나도 빵빵해지는 소 배를 한번 만져보고 술 주전자를 받으러 뜁니다. 맨발에 흙이 부드럽습니다.

어머니의
소품

)

고향에 사는 이모로부터 전화가 왔다.

"별일 없냐? 지난번에 온다고 말해놓고 왜 오지 않았냐? 언제 올 거냐고 물어보라신다."

이모가 어머니 대신 전화를 걸었다. 어머니는 귀가 잘 안 들려 직접 통화를 못한다. 그렇게 된 지 벌써 십여 년이 지났다.

이모님이 통화하시는 동안 어머니는 귓속에 착용하고 있던 보청기를 꺼내 볼륨을 조정하는지 수화기 너머로 삐삐거리는 기계음이 들렸다. "고추장도 많이 담가놓았으니까. 꼭 오라고 해" 하는 어머니 목소리도 들려왔다. 장마 지기 전에 한번 다녀오겠다고 하고 전화를 끊었다. 이모가 어머니 귀에 대고 또박또박 통화 내용을 전하는 모습이 떠올랐다. 이모 쪽으로 몸을 숙이고 고개를

섬이 쓰고 바다가 그려주다

끄덕일 팔순 어머니의 주름진 얼굴도 눈에 선했다.

어머니는 가는귀가 먹었다. 어려서 귀를 앓는데 어른들이 민간요법 치료를 한다며 개장국을 귓속에 넣어서 그렇게 되었다고 했다. 이십여 년 전 어머니 환갑날 보청기를 선물로 해드렸다. 그 시절에는 귀에 걸거나 귓구멍 속에 착용하는 작은 보청기가 없었다. 내가 산 보청기도 요즘 핸드폰 크기는 족히 되는 거였다. 주머니에 본체를 넣고 이어폰 줄을 꽂아 옷 속을 통과해 귀에 부착하게 되어 있는 기계였다.

어머니는 보청기 끼기가 쑥스러우셨던지 잘 가지고 다니지 않았다. 눈 나쁜 사람들이 안경 끼는 것과 같다고 못 알아듣는 게 더 창피한 것이라고 몇 번 말씀드린 후에야 보청기 사용법을 물어보셨다. 처음에 어머니는 티브이를 본다든지 주로 집 안에서 남이 없을 때 보청기를 착용하셨다. 그러다가 점차로 보청기를 착용하는 장소를 넓혀가셨다. 주머니에 본체를 넣고 귀밑머리로 귀를 살짝 덮어 보청기를 가리고 외출을 하셨다.

"얘, 저 사람도 나처럼 귀가 잘 안 들리나 보다. 젊은 사람이 인물도 좋은데."

산속 농장에 살 때다. 티브이를 보던 어머니가 뉴스 진행하는 아나운서 이어폰을 보고 말씀을 하셨다.

그날 보청기를 머리맡에 빼놓고 잠드신 어머니 보청기를 껴보았다. 스위치만 작동하고 귀에 꼈는데 티브이 소리가 와글와글

들렸다. 얼른 볼륨을 낮추었다. 평소에 어머니가 이렇게 커다란 기계음을 듣고 계셨구나 생각하니 마음이 무거워졌다. 보청기를 심장에 대어보았다. 청진기로 듣는 것처럼 심장 뛰는 소리가 들렸다. 보청기를 도청기처럼 벽에도 대어보았다. 바깥에서 우는 까치 소리가 크게 들려왔다. 염소 소리도 잘 들렸고 소 우는 소리도 잘 들려왔다. 그렇게 보청기를 만지작거리며 몇 분을 보냈을까. 전화벨이 울렸다. 전화를 받으려고 보청기를 빼다가 또 한 번 마음이 무거워졌다. 전화벨 소리가 티브이에서 울려나오고 있었다. 평소 어머니가 티브이에서 나오는 전화벨 소리를 집에 걸려온 전화로 착각하고 전화 받으라고 하시던 까닭을 알아버린 순간이었다. 보청기를 끼자 티브이 속에서 울리는 전화벨 소리가 방에서 울리는 전화벨 소리와 똑같이 들렸다. 귀가 멀쩡한 나도 그러니 어머니는 오죽하였겠는가.

"거긴 괜찮니? 비가 많이 왔다는데."

"어머니, 거긴 강화도가 아니라 필리핀이에요. 외삼촌 일본 놈들한테 끌려가 징용 산 남양군도요."

아침 뉴스를 보시다가 전화를 거신 것 같았다. 아마 보청기를 끼지 않고 티브이 화면만 쳐다보시다가 큰물이 난 화면을 보시고 걱정이 되어 전화를 걸으셨던 것 같았다. 자식을 위해 필리핀에 내린 비까지 걱정을 하시니…….

그래도 그때가 좋았다. 잘은 못 알아들으셔도 보청기 끼고 전

섬이 쓰고 바다가 그려주다

화도 거실 때가. 이젠 가는귀를 점점 굵게 먹어 아예 통화가 되지 않으니 꿈자리라도 사나운 날이면 전화 한 통화 드려야 하는데 하고 맘만 무거울 뿐이다. 저러다가 영 목소리를 알아듣지 못하게 되실 텐데. 그나마 귀에 대고 말하면 간신히 알아들으실 때 기쁜 소식이라도 몇 마디 들려드려야 할 텐데.

지난번 고향에 들렀을 때다. 어머니가 농짝 속을 뒤적였다. 나는 어머니 머리맡에 있는 성경책과 내 두 번째 시집을 집안 살림에 하나 보탬이 되지 않는 물끄러미 내려다보고 있었다. 어머니가 어떻게 시집을 구하셨을까. 서점이라곤 평생 한 번도 가보지 않으셨을 텐데. 누가 시집을 구해드렸을까. 어머니가 농짝에서 뭔가를 꺼냈다. 손수건을 풀자 보청기가 나왔다.

"이거 오래되고 외국산이라서 귀하다고 하면서 가격을 꽤 쳐준다고 하는데 내가 안 팔고 가지고 있다. 팔긴 어떻게 팔겠니. 고등학교 막 졸업한 어린 네가 직장 다니며 사준 건데."

나는 내 두 번째 시집에 실려 있는, 어머니 머리맡에 놓여 있는, 어머니와 통화가 잘 안 되는 내용의 시 한 편을 떠올렸다.

어머니가 나를 깨어나게 한다
———————

여보시오—

누구시유— 예, 저예요—

누구시유, 누구시유—

아들, 막내아들—

잘 안 들려유— 잘.

저라구요, 민보기—

예, 잘 안 들려유—

몸은 좀 괜찮으세요—

당최 안 들려서—

어머니—

예, 애비가 동네 볼일 보러 갔어유—

두 내우 다 그러니까 이따 다시 걸어유—

예, 죄송합니다 안 들려서 털컥.

어머니 저예요—

전화 끊지 마세요—

예, 애비가 동네 볼일 보러 갔어유—

두 내우 다 예, 저라니까요! 그러니까

이따 다시 걸어유 어머니. 예, 어머니,

죄송합니다 어머니, 안 **어**들**머**려니서 털컥.

달포 만에 집에 전화를 걸었네

어머니가 자동응답기처럼 전화를 받았네

전화를 받으시며

소귀에 경을 읽어주시네

내 슬픔이 맑게 깨어나네

절밥

)

밥은 징검다리다. 밥은 사십오 년, 길고 길게 연결되어온 내 호흡이 지나온 길이다. 숨 앞에 밥을 놓고 밥의 길을 더듬어보면 차고 따뜻하고 아득하다.

스물여섯, 다니던 직장을 그만두고 단기 사병을 마치고 고향을 떠나 서울로 거주지를 옮겼다. 퇴직금을 가지고 공부를 해보고 싶었는데 어려운 집안에 보태고 나니 앞길이 막막했다.

"스님이 되고 싶어요. 제가 어릴 적에 어머니도 말하셨잖아요. 다니던 절의 스님이 제가 절밥 먹고 살 운명이라고 했다면서요."

"네 먹은 맘이 정 그렇다면 네 맘대로 해라. 절에 가면 굶고 살지는 않으니까."

탕, 대문을 닫고 집을 나섰다. 노자라도 가져가라며 어머니 목소리가 골목길을 따라나섰다. 뒤돌아보지 않았다. 어디로 갈 것인가. 청량리에서 종묘까지 무작정 걸었다. 오대산으로 가자. 친구에게 전화를 걸었다. 차비를 좀 빌려달라고 할 요량이었다. 몇 시간 기다리자 친구가 나타났다. 친구는 종묘 옆 골목으로 가 감자탕에 막걸리를 샀다. 지방에서 같이 직장 다니던 얘기만 하다 헤어졌다. 자존심이 살아 있었던지 돈을 빌려달라는 말이 입에서 떨어지지 않았다. 종묘의 밤은 추웠다. 잠을 깨고 뻐근한 어깨에 햇살을 쪼이고 있는데 양복쟁이가 다가왔다. 자기도 몇 달 전까지만 해도 나처럼 노숙하며 고생했다고 하면서 '피라미드'라고 들어본 적 있느냐고 했다. 양복 앞주머니에 꽂혀 있는 스마일 배지가 나를 보고 웃었다. 전화비를 빌려 전화를 걸고 여의도까지 천천히 걸어갔다. 고향 친구를 만났다. 밥을 먹고 싶었는데 친구가 술을 샀다. 친구 지하방에서 잠을 자고 다시 종묘를 향해 걸었다. 마포 경찰서 근방 길가 무궁화나무 섶에서 동전을 하나 주웠다. 한참을 걸어가다가 되돌아 걸었다. 동전 떨어진 곳에 동전이 더 있을 것 같았다. 동전 세 개를 더 주웠다. 속이 비어 몸이 더 떨렸다. 신문지 냄새에 잠을 깼다. 또 하루가 밝았다. 여기가 오대산인가. 오대산으로 떠나지 못하고 노숙 오 일째. 핫도그를 들고 아기가 아장아장 엄마 뒤를 따라 내 앞을 지나쳤다. 핫도그를 빼앗아 들고 씨익 웃으면 아기 엄마가 미친 사람으로 취급하고 용서해줄 것도 같았다. 참았다. 식당가로 갔다. 음식 냄새를 맡았다. 냄새에도 영양가가 있을 것 같았다. 배가 많이 고프니까 음식 맛이 분석되어 다가왔다. 그냥 뭉뚱그린 된장찌개 맛이 아닌 마늘과 두부와 파와 고추와 조개 맛이 각각의 맛으로 살아 다가왔다. 물을 마시고 다시 길을 걸었다. 이렇게 용기가 없어서야 어떻게 절에 갈 수 있을까. 절에 간들 내가 무엇을 할 수 있겠는가. 내 자신이 한심했다. 걸음을 멈췄다. 부동산 가게 앞에 내놓은 짬뽕 그릇의 국물이 붉었다. 목울대로 침 넘어가는 소리가 크게 들렸다. 고개를 가로저었다. 약초 상가 앞을 지나며 천천히 걸었다. 오염된 공기가 몸에 해롭다면 약초 냄새는 몸에 이로울 것 같았다. 절밥을 먹기도 전에 굶어 죽는 것은 아닐까. 주머니에서 짤랑거리는 동전 네 개를 들고 다시 공중전화기 앞에 섰다. 전화를 걸다가 전화기 어깨를 꺾었다. 집에 가서 돈을 타오자. 집을 향해 걸었다.

어머니가 골목길에서 기다리고 있었다. "네가 집을 나가고 매일 새벽 기도를 드렸더니 네가 집으로 돌아오는구나. 주님의 보살핌이다." 이 땅 대부분의 어머니들처럼 누이에 의해 종교를 개종당한 어머니가 두 손을 모으고 눈물을 흘렸다. 나는 결국 어머니를 끊지 못했다.

보살님, 저 이 장아찌랑 결혼하고 싶어요. 장아찌랑 어떻게 결혼을 해. 맛이 너무 삼삼하고 예쁜걸요. 아무리 그래도 그렇지.

절로 떠나겠다고 맘먹었던 그 시절에서 십 년을 건너뛰어 나는 한 암자에서 스님이 못 되고 시인이 되어 글을 쓰며 머물렀다.

스님은 출타중이시고 두 보살 할머니들과 절밥을 먹고 있자니 옛일과 '밥 짓는 저녁연기 나는 마을 아, 절하고 싶다.'라는 고은 시인의 짧은 시가 떠올랐다.

앞으로도 내 숨이 딛고 가야 할 징검다리인 밥. 그 밥 속에 내가 방황하던 스물여섯 시절 먹어보지도 못한 절밥이 깨우쳐준 밥의 소중한 의미는 늘 살아 있을 것이다.

섬이 쓰고 바다가 그려주다

벚꽃이 피면
마음도
따라 핀다

)

누군들 꽃을 보며 가슴 펴 보지 않았으랴.

누군들 꽃을 보며 눈 감아 보지 않았으랴.

누군들 꽃을 보며 무릎 낮춰 보지 않았으랴.

누군들 꽃을 보며 깊은 숨 들이마셔 보지 않았으랴.

누군들 꽃을 보며 노래 가락 흥얼거려 보지 않았으랴.

누군들 꽃을 보며 누군가를 그리워해 보지 않았으랴.

꽃은 시詩다. 뿌리가 어둠 속에서 캐 올린 밝은 마술이다. 꽃은
식물들의 상상력을 들여다볼 수 있는 단추다. 꽃은 열매를 받는
안테나다. 꽃은 식물들의 생일날이다. 꽃은 벌과 나비의 직장이고
밥상이다. 꽃은 곱게 떨리는 연애편지다. 꽃나무 아래서 사랑을 고

백하고 싶었고 꽃나무 아래서 사랑을 고백 받고 싶었다. 꽃은 마음 흔들림의 진원이고 흔들리는 마음을 잔잔하게 다독여주는 방파제다.

봄꽃의 절정, 벚꽃. 벚꽃은 어울림의 꽃이다. 한 나무에 수천 수만 송이의 꽃이 핀다. 이 꽃송이들이 어우러져 나무 한 그루가 마치 꽃 한 송이처럼 피어난다. 이렇게 피어난 한 그루, 한 그루의 커다란 꽃송이들이 다시 어우러지며 거대한 꽃구름이 되고 끝없이 이어지는 꽃파도가 된다. 어디 이뿐인가. 벚꽃은 사람들을 불러 모아 사람꽃을 피워놓는다. 가족을 불러 모아 가족꽃을 피워놓고 동창생들을 불러 모아 동창생꽃을 피워놓는다. 외롭게 혼자 나들이 나온 사람도 몸소 품어 꽃이 되게 한다. 벚꽃은 찻길을 지우고 바쁜 사람들을 지워 모두 꽃으로 피어나게 한다.

벚꽃은 마음에 피는 등불인가 보다. 하복 갈아입은 첫날 전교생이 모여 조회를 하던 중학교 운동장처럼, 금빛 벼이삭 출렁이는 들판처럼, 밤새 눈 내린 날 문을 열면 펼쳐지던 풍경처럼 벚꽃이 피면 세상이 온통 환해진다.

봄날 환한 곳을 찾아가면 거기 벚꽃들이 어우러져 피어 있다. 벚꽃 잎처럼 작고 그 수가 많은 것들은 모여 쉽게 하나가 되나 보다.

섬이 쓰고 바다가 그려주다

벚꽃.

강화도에도 벚꽃이 아름답게 피는 곳이 여러 군데 있다. 고려 궁지 끼고 북문 오르는 길가에 줄 서서 하늘 쪽으로 행군 중인 벚꽃은 꽃터널이 그럴듯하다. 전등사 근처에 있는 강남 고등학교 교정의 벚꽃은 운동장을 따라 둥그런 원을 그리며 핀다. 꽃으로 그려놓은 원을 따라 돌다 보면, 가슴에도 절로 꽃으로 그린 원이 하나 새겨지고 이 밝은 원에서 긍정의 마음이 환하게 솟는다. 강화 남단 함허동천과 정수사를 잇는 길에서 바라다보는 마니산 산자락의 벚꽃도 빼놓을 수 없다. 늦게 피는 산벚꽃은 연초록 나무 이파리들과 어우러져 파스텔화를 그려놓는다. 이 은은한 그림은 이상하게도 마음을 술렁여준다.

벌들의 오해

남 일하는 걸 뭘 그리 봐유
일하는 거 첨 봐유
일하지 않으면서 노는 게
미안하지도 않아유
이 벚꽃나무가 우리들 일터유
꽃 지기 전에 꽃가루 수확 끝내려니
바빠 죽겠시유

맞아유

봄에 우리는 직장을 자주 바꿔유

매화나무 직장, 목련나무 직장, 벚나무 직장……

남 일하는 모습 그거 어디다가 쓰려고

그렇게 사진을 자꾸 찍어댄데유

참 나 원

그래유

내 다리와 머리에 꽃가루 많이 묻었지유

꼴 보기 싫지유

홍보려면 맘껏 봐유

야, 야, 신경 쓰지 말고 일해

작년에도 그랬어

벚꽃의 시화전은 짧다. 일 년 걸려서 쓴 시를 애착 없다는 듯 화르르 허공에 뿌린다. 올해도 도처의 벚꽃 방명록에는 여운 일색이다.

넷 ──────── 읽던 책을 접고
집을 나선다

봄
비
◡

슬멋 내리는 비

반가워 양철 지붕이 소리 내어 읽는다

씨앗은 약속

씨앗 같은 약속 참 많았구나

약속을 가장 지키고 싶었던 사람이

가장 그리운 사람이라고

내리는 봄비

마른 풀잎 이제 마음 놓고 썩게

씨앗은 단단해졌다

언 입 풀려 수다스러워진 양철 지붕

물끄러미 바라보던 개가

온몸 가죽 비틀어 빗방울을 턴다

택시! 하고 너를 먼저 부른 씨앗 누구냐

꽃피는 것 보면 알지
그리운 얼굴 먼저 떠오르지

봄
산책

)

바깥마당 고욤나무에 콩새들이 앉아 있다. 하나 둘 셋…… 여섯 마리다. 콩새는 콩처럼 작은 새가 아니다. 참새보다 크고 비둘기보다 작다. 콩새들아, 거기 고욤나무가 너희들 미팅 장소냐. 격식을 좀 갖춰야 하는 너희들 레스토랑이냐. 아니면 내숭을 지나 낭만을 넘어 현실적으로 선택한 중국집이냐, 순대국밥집이냐. 뭐라고? 우리 자기가 입덧을 하고 있다고? 그만해라, 그만 울어라, 콩새들아.

거긴 한평생 혼자 사는 달이 걸리기도 하는 곳이다. 혼자 사는 달 말없이 머물다 가는 달의 정거장이기도 하다. 너희들보다 큰 몸으로 고욤나무 잔가지 하나 흔들지 않고 지나는 달을, 혼자 사

섬이 쓰고 바다가 그려주다

는 내가 익은 기침을 하며 우두커니 서서 바라다보는 곳이다. 내 추억의 식탁이다. 고욤나무 큰 가지에 묶여 있던 빨랫줄을 팔 올려 풀어주었는데, 십 년이란 세월이 흘러 그 가지는 두 팔 정도 높이 자랐고 껴안으면 폭 안기던 몸통은 이제 굵어져 한 아름에 안기 버겁다.

그 나무에 기대 달을 보며 고향에 혼자 사시는 어머니를 떠올렸고 쓸쓸함을 달랬었다. 그러다가 나무 그림자가 어떻게 어둠 속으로 들어가나 세 시간을 지켜보기도 했었다. 잔가지에서 점점 굵은 가지 순으로 어둠에 지워지다가 몸통이 어둠 속으로 빨려 들어가는 것을 지워지고 있는 유년의 추억과 비교해보며 지켜보았었다.

'고욤 따놓았다가 먹으면 맛있는데.'

'항아리에 재워놓았다가 한겨울에 숟가락으로 떠먹으면……'

'엄동설한에 새들이나 먹게 그냥 두고 새 울음소리나 듣지 뭐.'

고욤 좋아하는 너구리가 우욱—우—욱— 울던 가을이 엊그제 같은데 겨우내 얼어 있던 고욤이 쪼글쪼글 녹아 달고 먹기 좋다고 콩새가 시끄럽다. 암수 정답게 노니는 콩새를 보니 마음이 흔들린다. 봄인가 보다. 봄은 흔들림이다.

읽던 책을 접고 집을 나선다.

얼었던 땅이 녹아 질척거린다. 사방에서 새소리가 들려온다. 어린 시절 고향이 떠오른다. 이맘때쯤이면 이랴―워―어떠쪄쪄 ― 밭 갈며 소 모는 소리 온 동네에 쩡쩡 울려 퍼지지 않았던가. 밭에 낸 두엄 냄새가 낮게 깔리고 굴렁쇠를 굴리고 논둑길을 달리다가 멈춰 서면 어지럽게 피어오르던 온 세상 아지랑이, 아지랑이.

길을 건너 아랫집 비닐하우스로 향한다. 하우스 속이 보이지 않는다. 다섯 손가락을 갈퀴처럼 구부리고 톡톡 쳐본다. 습기들이 뭉쳐 물방울이 되며 또르륵 흘러내린다. 하우스 속에 또 작은 하우스가 있다. 고추 모종들 보고 싶은데 보이지 않는다. 모종들 보며 너희들은 어찌 요리 어린 것들이 자라 매운 고추를 맺느냐고 물어볼 참인데 낭패다. 하우스 문을 열고 들어가보려다 어린 것들 걱정되어 문을 돌멩이로 고여놓은 농부 마음 읽혀 그만둔다.

다시 바닷가 쪽으로 난 길을 따라 걷는다. 아랫집 펜션 벗나무에 앉아 있던 참새가 난다. '참새의 얼굴을/자세히 보라./모두들/얘기하고 싶은/얼굴이다.' 박목월의 동시를 떠올리며 벗나무 쪽으로 다가가 길을 비켜선다. 펜션에서 산책 나온 젊은 연인이 속삭이며 지나간다. 벗나무에 새싹 눈이 맺혀 있다. 새 부리 같다. 새 발가락처럼 세 가락이다.

다시 걷다 방죽에 멈춰 서서 갈대들을 본다. 얼음 속에 박혀 머리에 씨앗 이고 있던 갈대들을 봄바람이 어루만져주며 지나간다.

제방에 올라선다. 훅 갯내음이 난다. 언 뻘이 빛나던 겨울 바
다가 아니다. 콧구멍에 힘을 주고 갯내음을 맡는다. 냄새의 스펙트
럼. 도시에서의 냄새는 비슷비슷하다. 타이어 타는 냄새와 음식물
들 냄새가 어디를 가나 엇비슷하다. 시골은 그렇지 않다. 논을 지
나면 지푸라기 타는 냄새, 고개를 넘으면 찔레꽃 향기, 소 울음소
리 들리면 소똥 냄새. 죽 이어지는 냄새의 스펙트럼. 달리는 버스
창을 열고 입을 아 벌리고 맡아 보는 봄 냄새들. 그 신나는 냄새의
사열.

제방엔 벌써 풀들이 푸릇푸릇하다. 겨울 동안 제방 쪽으로 바
싹 당겨 매 있던 배에 나무 말뚝이 실려 있다. 부지런한 어부가 물
나간 뻘에 그물 친다는 표시로 꽂아놓은 붉은 깃발, 입성이 펄럭
인다. 곧 저 배도 기지개를 켜고 통통통 엔진 소리를 내며 맘껏 흔
들리리라. 봄은 흔들림이 아니던가.

집으로 돌아오다 고개를 넘는다. 동네 형님 텃밭에서 연기가
피어오른다. 동네 형님 세 명과 동네 아저씨 한 분이 모여 섰다.
형님 한 분이 쪼갠 아카시아 나무를 손도끼로 다듬는다. 깎아놓
은 고추 말뚝이 수북이 쌓여 있다. 타고 있는 모닥불에 나뭇조각
을 집어던진다. 연기가 난다. 이놈의 연기가 왜 왔다 갔다 해? 힘

센 사람한테 간다고 하잖아. 힘센 사람 찾기가 힘드나 왜 자꾸 왔다 갔다 하지. 아무래도 어른 것이 묵어 낫겠지요. 에이, 이 사람아. 힘센 사람이 아무도 없는지 똑바로 올라가는데요. 웃음소리와 농담이 불 쬐는 손바닥처럼 따뜻하다. 달다. 말뚝을 깎던 형이 손도끼를 못탕에 탁 꽂는다. 우리 국수나 한 그릇씩 사 먹고 등산이나 가지. 더 바빠지기 전에 다리 힘이나 기르자고. 그래야 밤 농사든 낮 농사든 짓지.

등산화를 신으러 다시 고개를 넘어온다. 길가 밭에서 꼬부랑 할아버지가 고추 대궁을 태우고 매운 내에 코를 움켜쥐며 꼬부랑 할머니가 냉이를 캐고 있다. 꿩이 운다. 목에 무엇이 걸렸는지 꿔엉 꿔엉 운다. 진달래가 튀어나올 것 같다. 발걸음이 가벼워진다. 봄은 낳는다. 봄은 어머니다. 어머니인 봄이 내 머릿속에 시 한 편을 낳아주신다.

꿩
—

꿩은 목구멍에 무엇이 걸렸는지
꿔엉 꿔엉
야단이다

미련하긴 작년 봄에도 그래 놓곤

토해

붉은 진달래

노란 민들레

등 두드려주는 봄바람 믿고

상습적이라니까

봄 삽화
한 장

)

며칠 해무가 자욱했습니다. 바다 마을의 봄은 안개로부터 옵니다. 오랜만에 안개가 걷혀 바닷가 가는 길로 나섭니다.

"무슨 일 있어? 웬 불장난이야?"

"무슨 일이 아니라 이제, 일만 남았시다."

"난 또 봄이 왔다고 어디로 봉화 올리는 줄 알았네."

밭에서 고추 대궁 태우는 마을 동생에게 큰 소리로 말을 건넵니다.

우리 고향에서는 한겨울 눈 쌓였을 때 너구리 굴에 고추 대궁 불을 피웠었는데.

"옛날에 목선 부리던 뱃사람들은 배 밑에다 고추 대궁 불을 피웠다지 아느껴. 구적, 따개비도 못 앉게 하고 배도 소독할 겸. 아

섬이 쓰고 바다가 그려주다

이, 이리 와 묵은 고추 터지는 소리 좀 들어보시겨. 경쾌하지 아
느꺄."

"이 사람이, 노총각인 나야 고추 터지는 소리 들으면 슬퍼지지
뭔 소리여."

"본의 아니게 미안하게 됐시다. 와 저것 좀 보시겨."

매콤한 연기 맡으며 고추밭으로 들어갑니다.

"뭘 보라고."

"나뭇가지 물었짜느껴. 까치가 집을 보수하니까 저 은행나무
다시 살아나지 않겠스꺄."

"그러게, 까치는 영리해 태풍에 쓰러질 나무에는 집을 짓지도
않는다는데……."

나무 삭정이 물어 나르는 까치를 한참 지켜보다 다시 바닷길
로 접어듭니다. 지른 논길이 나타납니다. 조심조심 걷습니다. 밑창
이 얇은 신발을 신고 오길 잘했습니다. 꽝꽝 얼어 부러지던 흙이
이리 부드러워지다니. 질퍽질퍽한 흙이 고향 풍경 하나를 떠올려
줍니다.

진흙이 고무신을 물어 양말 신은 발로 흙을 내딛습니다. 난처
합니다. 몸을 숙이고 손으로 고무신을 진흙에서 빼려다가 나머지
한 발마저 진흙을 밟아버립니다. 소년은 오던 길을 돌아서 집을
향해 웁니다.

바닷가 제방에 올라서니 멀리 있는 섬들이 가까이 보입니다. 몇 년 전이었습니다. 제게 미국에서 편지가 왔습니다. 장봉도가 고향인 할아버지가 제 산문집을 구해 보셨는데 강화도 사투리에 고향 생각이 나 편지를 쓰셨답니다. 할아버지는 신장이 안 좋아 투병 중인데 고향 소식도 물어보고 싶다고 하며 컴퓨터 통신을 하고 있느냐고 물어오셨습니다. 그때는 컴퓨터도 없을 때라……. 그 할아버지 몸이 좋아지셔서 고향에 다녀가셨는지 궁금해집니다. 고향의 봄을 누가 어찌 잊을 수가 있겠습니까.

모시조개 캐는 아낙들 머리 위로 나는 갈매기 울음소리에서도 그리움이 배어나오는 봄입니다.

섬이 쓰고 바다가 그려주다

꽃비

꽃은 거울이다. 들여다보는 이를 비춰주지 않는 거울이다. 들여다보는 이가 다 꽃으로 보이는 이상한 거울이다. 꽃향기는 끌어당긴다. 꽃향기에 밀쳐진 경험 한 번도 없다. 꽃은 주위를 가볍게 들어 올려준다. 꽃 앞에 서면 마음이 가벼워진다. 마음은 꽃에 여닫히는 자동문이다. 꽃잎을 만져보며 사람들은 말한다. '아, 빛깔도 참 곱다.' 빛깔을 만질 수 있다니, 빛깔을 만질 수도 있게 해주다니. 사람들을 다 시인으로 만들어주는 꽃은 봄의 심지다.

내가 살고 있는 동막리에도 꽃이 돌림병처럼 피고 있다. 땅 아래 색깔 둑이 무너졌나 보다. 북쪽으로 자라는 백목련, 응달에 모여 붉은 진달래, 줄 잘 서는 노란 개나리, 가출 직전의 흰 벚꽃……

둘러보다 집 뒤 우물가에 물고기 비늘처럼 지는 살구꽃잎에 뺨을 맞아본다. 발가벗고 물을 뒤집어쓰고 차렷 자세로 서서 온몸에 살구꽃 비늘을 붙여보고 싶다. 비늘 방향 앞뒤로 나누어 붙여 과거와 미래로 자유롭게 헤엄치는 사람 물고기가 되어보는 건 어떨까.

"뭐 하나?"

"꽃비 맞아요."

고라니

)

"쉿! 고라니는 겁이 많아. 고라니가 제 방귀 소리에 놀란다는 속담도 있잖아."

강비가 논흙에 미끄러지며 소리를 지르자 옆에 있던 아저씨가 집게손가락을 입가에 세웠다.

벼를 콤바인벼 베는 기계으로 논두렁 쪽부터 한 바퀴씩 돌며 베어 들어가 아직 베지 않은 벼들이 노란 수건처럼 반듯하게 남아 있었다. 아저씨들 손에는 허수아비 팔과 다리였던 나무 작대기가 들려 있었다.

수복이도 허수아비 팔 하나를 집어 들고 아저씨들이 벼를 에 워싸고 있는 포위망 쪽으로 다가갔다.

콤바인으로 벼를 베던 아저씨가 논에 고라니가 숨어 있다고

섬이 쓰고 바다가 그려주다

전화를 걸자 '곡식 먹는 짐승은 잡아도 된다'며 동네 아저씨 두 명이 달려왔다. 논두렁에서 메뚜기를 잡아 병에 넣고 있던 강비와 수복이도 아저씨들 틈에 막 끼어든 참이었다.

고라니는 교실 다섯 개 넓이 정도 되는 벼 포기 속 어딘가에 숨어 꼼짝도 하지 않았다. 고라니가 조금만이라도 움직여주길 바라며 벼이삭 흔들림을 관찰하는 아저씨들 눈빛이 빛났다.

수복이도 아저씨들을 따라 침을 뱉어 손바닥을 축이며 나무 막대기에 힘을 주었다. 아저씨들은 고라니가 다가오면 소리를 질러 자신들이 있는 곳으로 고라니를 쫓아달라고 했다. 수복이는 고라니가 자기 앞으로 뛰어오면 어쩌나 겁이 나 다리가 후들거렸다. 그렇지만 동생 강비 앞에서 용감하게 고라니를 쓰러뜨리는 상상을 해보며 다리에 힘을 주고 또 주었다.

끝내 고라니가 움직이지 않자 아저씨들은 포위망을 좁혀 들어갔다.

"자기야, 전화 받어! 자기야, 전화 받어!"

손전화기 소리에 깜짝 놀라 주저앉았던 강비가 전화기를 끄려고 당황하는 아저씨를 보며 끼득끼득 웃음을 터뜨렸다.

후다다닥.

고라니가 스프링처럼 튀어오르며 벼 포기들을 빠져나가 이미 벼를 다 벤 논들만 있는 허허벌판을 내달렸다. 커다란 물도랑도 한 번에 경중 뛰어넘었다.

"하필 이때 전화를 건 게 누구야?"

아저씨들은 허탈해하며 멀리 달아나는 고라니를 쳐다보고 있었다.

"저것 좀 봐! 고라니가 다시 되돌아오잖아."

저수지 쪽 낚시꾼들을 보고 놀랐던 것일까. 너무 놀라 도망가다가 그만 방향을 잃은 것일까. 숨어 있던 논으로 다시 달려온 고라니는 잠시 멈춰 서서 멈칫멈칫하더니 벼 속으로 스르륵 숨어들었다. 고라니 숨은 곳을 아는 아저씨들은 막대기를 치켜들고 긴장감에 침을 삼키며 슬슬 포위망을 좁혀갔다.

후다다다닥.

"아이쿠머니나!"

고라니가 숨은 곳만 쳐다보며 다가가던 아저씨들이 발밑에서 고라니가 뛰어나오자 깜짝 놀라 몸을 움츠렸다.

후다다다닥.

"어, 고라니가 두 마리였었네."

도망갔던 고라니가 돌아왔던 이유를 알게 된 아저씨들은 미안한 마음이 들었는지 막대기를 슬며시 내려놓으며 한마디씩 말을 던졌다.

"거, 잘 뛰네."

"새끼인가?"

"크기가 비슷한 걸 보니까 한 쌍인 것 같기도 하고."

　　　　　　　　　　　　　　섬이 쓰고 바다가 그려주다

석양주

")"

"개들이 왜 난리죠?"

"그 친구 오토바이가 오는 거지 뭐. 그 친구 오토바이 소리는 귀신같이 알어."

"아니, 뭘 가져가는 것도 아니고 갖다가 주는데 왜 짖을까요?"

"편지가 아니라 세금 납부 고지서만 가져와서 짖나 봐."

"주인님 근심이 늘어난다고 짖는다는 얘기죠? 정말 그런 것 같기도 하고 이 동네 저 동네 개 냄새가 바퀴에 다 묻어서 짖는 것 같기도 하네요."

"이 사람아, 술이나 들어."

동네 형님과 석양주를 먹고 있었다. 우리 동네에서는 저녁 무렵에 먹는 술을 '석양주夕陽酒'라고 부른다. 석양주는 말 그대로라면 해질 무렵에 마셔야 하는 술이다. 그런데 꼭 그렇지만은 않다. 열두 시만 넘어도 석양주라고 농담을 하며 마시기도 하고 어떤 때는 하루 종일 비가 내리는 날도 석양주를 마시기도 한다. 아무튼 석양주를 마실 때쯤 집배원이 자주 온다.

"고기나 한 점 들고 가, 늦지 않았으면. 술은 못 마시니까."

동네 인심도 좋지만 작년 겨울 그 일이 있은 후 형님이 집배원에게 더 열심히 음식을 권하는 것 같다.

폭설이 내린 후 기온이 뚝 떨어져 수도꼭지가 얼어붙은 날이었다. 형님 차를 타고 수도 파이프에 감아놓을 전기 열선을 사러 가는 중이었다. 인가가 없는 산모퉁이 막 돌아섰을 때 형님이 차를 세웠다.

"왜, 어디 고장 났어?"

"어디 고장 났냐니까?"

차가 다른 일로 잠시 멈췄다가 그냥 지나쳐 갈 것이라고 생각했을까. 눈길 위에 세워둔 오토바이 앞에 쪼그려 앉은 집배원이 형님이 재차 말을 던지니까 뒤를 돌아다보았다. 평소에도 수줍음을 많이 타는 노총각 집배원의 얼굴이 추워서 더 붉어 보였다. 집배원은 그냥 가라고 손짓을 했고 기계를 잘 고쳐 '맥가이버'라 불리는 형님은 도움을 주고 싶은 마음에 차에서 내려설 참이었다. 그러자 집배원이 손이 좀 시려 오토바이 배기통에 녹이고 있다며

섬이 쓰고 바다가 그려주다

붉은 얼굴을 더 붉혔다. 형님도, 유독 무거운 책 우편물이 많은 나도 짠한 마음이 들어 말없이 담뱃불을 달렸었다.

"많이들 드세요."

바쁘다며 개 짖는 소리를 끌고 가는 집배원의 등 뒤로 지난한 삶을 살아내고 있는 사람들 사람살이에 하늘도 취한 듯 석양이 붉었다.

《자산어보》를
읽고

)

　　울릉도에 여행을 가 한 달 정도 산 적이 있다. 동네 초등학생과 바위구멍치기 낚시를 갔다. 바위들 틈에 난 구멍에 줄낚시를 던져놓고 손을 까딱따딱 흔들었다. 줄이 묵직해져 당겼다. 뱀장어처럼 생긴 고기가 따라 올라왔다. 입이 붉었다.

　　"뱀처럼 생긴 거 이게 무슨 고기냐?"

　　"지레미요. 아저씨 그런데 뱀이 그렇게 생겼어요?"

　　울릉도에는 뱀이 살지 않아 뱀을 본 적 없는 아이가 내게 되물었다. 섬 아이를 데리고 몇 번 더 낚시를 다녔다. 섬 아이는 고기를 잡아놓고 이 고기를 뭍에서 어떻게 부르냐고 자꾸 물었다. 얼룩덜룩 단청 색깔이 나며 겉이 미끄러운 '용필이'라 부르는 물고기를 '각시노래미'라 부른다고 답했을 뿐 아는 바가 없어 제대로

답해주지 못했다. 그때 내가 《자산어보茲山漁譜》를 읽었었다면 섬 아이와 더 풍요로운 대화를 나눌 수 있었을 것이다.

《자산어보》는 정약전이 흑산도에서 십육 년 동안 유배 생활을 하며 조사 연구하여 쓴 책이다. 책에는 여러 물고기류, 조개류, 해조류, 게, 새우들의 생김새와 방언과 약으로 어떻게 쓰여지는가 등이 적혀 있다. 묘사력이 뛰어나 그림 없이도 물고기 모양을 쉽게 떠올릴 수 있고 표현력도 압권이어서 마치 시를 읽고 있는 듯한 느낌을 주기도 한다.

아구어는 '큰 놈은 두 자 정도이고, 모양은 올챙이를 닮아 입이 매우 크다. 입을 열면 온통 빨갛다. 입술 끝에 두 개의 낚싯대 모양의 등지느러미가 있어 의사가 쓰는 침 같다. 이 낚싯대의 길이는 4~5치쯤 된다. 낚싯대 끝에 낚싯줄이 있어 그 크기가 말꼬리와 같다. 실 끝에 하얀 미끼가 있어 밥알과 같다. 이것을 다른 물고기가 따 먹으려고 와서 물면 잡아먹는다.'

숭어는 '사람의 그림자만 비쳐도 급하게 피해 달아난다. 고기살의 맛이 좋고 깊어서 물고기 중에서 첫째로 꼽는다.《삼국지》에도 개상과 손권이 회를 논하는 자리에서 개상이 가로되 숭어가 제일이라고 했다.'

요즘 숭어회는 싼 회의 대표급으로 1킬로그램에 일만 원, 일만오천 원 하는데 옛날에는 숭어를 수어秀魚라고 쓰기도 했다니……. 상어는 껍질이 모래와 같다고 해서 그 이름을 사어沙魚라고 이름 지었다고 하고, 새조개는 빛깔과 무늬가 참새 털과 비슷하여 참새가 변한 것이 아닌가 의심된다고 하며, 가을엔 참새가 물에 들어가 조개가 되고 추운 겨울엔 장끼가 물에 들어가 큰 조개로 변한다는 월령月令을 인용하기도 한다.

《자산어보》는 바닷가 여행을 좋아하는 분들이나 낚시를 좋아하는 분들이라면 필독서 항목에 꼭 넣어야 할 책이다

수작 거는
봄

)

아랫집 사는 동생 규호가 왔다.

탕! 대문 닫히는 소리에 놀라는 봄

"형님 집에 도깨비 노는 것 아니껴?"

"네가 도깨비다. 사방이 도깨비 천지구나."

"예?"

"갈라진 땅 주저앉는 것 봐라. 땅 얼며 솟아 대문도 안 닫히
더니……."

"왜 또 그러시껴?"

"봄엔 다 도깨비다. 갑자기 부지런해지는 농부들, 넝큼 싹 밀
어 올리는 풀들, 수다스러워진 새들 다 도깨비에 홀린 것 같지

섬이 쓰고 바다가 그려주다

않냐?"

농민 후계자 도깨비가 담배를 한 대 피우고 가고, 고욤나무에 앉은 아물쇠딱따구리와 콩새를 보다가 장작을 패는데…….

"형님, 장작 패는 법 아시겨?"

나무 공예를 하는 승희가 왔다.

"응, 알지. 장작으로 도끼를 쪼개는 게 아니라 도끼로 장작을 쪼개면 되는 것 아니냐."

"어제 석양주 먹다가 익선이 형님한테 배웠는데 나이테 넓은 쪽을 치랍니다."

"그러니까 나무들이 숨기고 있는 여름 쪽을 내리치면 된다는 말이구나."

"아하, 그렇군. 현명하고 같구먼. 오해는 말고. 그러니까 꼭 여름 쪽이 아니라 편하게 산 쪽. 이 못탕 봐라."

"뭐 말이껴?"

잘못 내리쳐 찍힌 상처, 못탕의 잘록한 허리가 장작개비를 잡아준다.

"오늘 나무하러 같이 가시겨?"

"네가 버린 작품이라고 쪼개준 의자 덕분에 다리 펴고 누워 오랜만에 따뜻하게 잘 잤다. 어제 그 쥐 말이다. 그제 그 쥐가 아닌 것 같다. 아, 그제 아궁이에 쥐가 들어가 잡으려고 신나게 불 땠잖

아. 생나무도 태우면서……. 어제 불길 속으로 뛰어든 쥐는 혹 아빠 쥐가 아니었을까. 새끼들 불타 죽는데 불길 속으로 뛰어들지 못한 것을 하루 동안 치열하게 후회를 한 끝에 결심을……."

"나무관세음보살이지."

"장승 토막은 못 태우겠어. 변강쇤지 아닌지 테스트도 못해보고 죽을 일 있냐."

"그럼 내가 다시 가져가겠시다."

"전에 부처님 만드는 경인 《조상경造像經》을 읽었는데…… 그래, 네 마음을 심은 것이니까. 너는…… 어쩌면 괜찮을지 몰라."

먹감나무에 대해 얘기를 들려준 승희가 파다가 만 장승 머리를 들고 갔다.

"야성 기르러 안 가시껴? 포구에 나가 망둥이라도 얻어다가 이거 한잔?"

뱃사람 경진 아빠가 자전거를 타고 왔다.

"야성, 좋지. 그런데 글 써야 하는데……."

"야성 기른 담에 쓰면 되지 아느껴."

"물때에 맞추어 고기 잡는 것처럼 글도 때를 놓치면 한 사리 또 기다려야 한다니까."

"그럼 시가 물고기껴?"

"봄이구먼. 어부도 도깨비한테 홀려 시를 쓰는구먼."

"그럼 시 회에다 이거 한잔?"

"미치겠네. 좋아요. 가시겨. 다 시인데 무슨 시를 써, 봄에."

탕! 대문 닫히는 소리에 놀라는 봄

시계

)

1 。

어둠속에서 벽시계 소리가 들린다. 누가 보지 않아도 시계는 시간만을 독서하며 필사하는 노역에 종사 중이다. 혹 소리만 내고 가만히 멈춰 서서 쉬고 있는 것은 아닐까? 그러다가 누군가 보기 직전, 쌱— 움직이는 건 아닐까? 아니다. 저건 분명 시간이 가는 소리다. 시간이 가는 소리 아닌 소리가 어디 있을까. 오리 울음소리도 냄새나는 방구소리도 심지어는 침묵의 소리마저도 시간이 가는 소리 아닌가. 모든 소리는 시간이 가는 소리다.

시간에는 빈틈이 없다. 시간이 가는 길에는 걸림돌도 없고 비탈도 없다. 죽— 연결되어 있는 시간을 끊어 읽는 것을 보면 시계는 말더듬이인가 보다. 시계는 부자다. 시간이 곡간에 가득 차 있나 보다. 시간이 마르지 않는다. 그렇지만 시계는 시간을 헤프게 퍼 쓰지도 않고 시간을 축적하지도 않는다. 어떻게 보면 시계는 시간에 관한 한 완벽한 무소유자다.

2 。

시계도 밥을 먹는다. 밥이 떨어지면 죽는다. 다시 밥을 주면 죽었던 시간을 털어내고 바로 살아난다. 빛을 먹는 해시계, 중력을 먹는 물시계, 장력이나 탄성력을 먹는 기계 시계, 전기를 먹는 전 자시계 등의, 시계들은 대개 한 가지 밥을 먹는다. 편식한다. 시계 의 밥 건전지에 혀끝을 대보았다. 시큰 짜릿했다. 별난 식성에 침 이 고였다.

3 。

태엽 힘으로 가는 괘종시계의 식사는 좀 걸다. 태엽을 감을수 록 힘이 점점 더 든다. 어려서 큰 집에 살 때 집의 일부를 떼어 팔 았다. 정부 시책으로 거기에 경로당이 들어섰다. 노인들이 돌아간 밤 괘종시계 소리가 내 방까지 들렸다. 앙상한 손가락으로 시계 밥을 주던 노인이 죽어 상여가 나가던 날, 텅 빈 경로당의 시계는 더 낮고 길게 시간을 울었다. 괘종시계 불알에 얼비쳤던 노인들 얼굴이 노인들 냄새가 되어 대기 속으로 흩어지는 것 같았다. 경 로당집 시절로 돌아가면 이규도 시인의 짧은 시가 떠올라 자주 읊

섬이 쓰고 바다가 그려주다

조려 보게 된다.

경로당
────

저승 가는 간이역 같다
나는 죽었나 목침을 돋아 베는
노인의 밤

4 。

산수 시간 시계 보는 법을 몰라 나머지 공부를 했다. 집에 시
계가 있는 애들이 어처구니없어 했다.

시험지 속에서 시계가 나를 기다리고 있었다. 손목에, 미운 마
음에 멈춘 시계를 그려보았다.

5 。

고등학교를 졸업하고 취직했다. 월급을 타 방수가 잘 된다고
물속에 담가놓고 파는 시계를 하나 샀다. 물속에 잠겨 있을 때는
습기가 차지 않던 시계 속에 작은 물방울이 맺혔다. 퇴근길에 습
기 찬 시계를 풀어 주머니에 넣고 낯선 여성에게 다가가 시간을
물어보았다. 숫기가 너무 없는 내 자신을 개조해보자는 고심 끝에
내린 처방의 일환이었다.

수작을 걸어오는 것으로 착각하고 당황하는 여자들도 있었다. 수작을 안 걸어 실망하는 여자들도 있을 거라고 자위했다. 아무튼 차 마실 시간이 아닌 현재의 시간만을 물어 여성들에게 미안했지만 확실히 차도가 있는 듯했다.

6。

아버지가 돌아가실 것 같아 형에게 연락을 취했다. 아랫목에 누운 아버지가 두 번 시간을 물었다. 형이 왜 안 오느냐고 했다. 목이 마르다고 해 전기밥솥을 열고 데운 베지밀 병을 꺼내 따 드렸다. 힘들게 앉은 아버지가 베지밀 병을 내려놓고 시계 반대 방향으로 쓰러졌다. 아버지가 좌탈입멸坐脫入滅하고 10분쯤 지난 후 형이 왔고 이상하게도 시계가 멈춰 있었다. 그 후 5년간 베지밀을 먹지 않았고 지금도 시계가 멈추면 불길한 생각이 앞선다.

아버지의 일생은 결국 자식인 나의 시계태엽을 감아준 게 아니었을까.

7。

새벽. 내가 일어나는 기척에 동숙자가 뒤척인다. 핸드폰을 열어보며 네 시간 잠잘 시간을 더 주겠다고, 내 것도 아닌 시간을 가지고 선심을 쓴다.

십이 쓰고 바다가 그려주다

8 。

시계는 사람들에게 어떠한 명령도 지시도 하지 않는다. 다만 사람들이 시계를 보며, 무슨 계시나 영감을 받는지 행동을 취할 뿐이다. 시계는 일상의 절도를 관장하고 매듭짓는다. 시계는 삶을 지휘하는 지휘자인가 보다.

9 。

시계가 없다면 약속은 느슨해지고 기다림은 풍성해질 것이다. 시계가 없어도 시간은 갈 텐데……. 시계는 쓸데없는 헛발질의 소중함을 일깨우는 이단자인가.

할머니가, 빈 유모차로 구부러지는 허리를 두 시 반으로 지탱하며 천천히 길을 가고 있다.

10 。

도처에 시계 아닌 것이 없다. 물은 흐르는 시계고 꽃은 피어나는 시계고 사람은 늙어가는 시계고 철새는 날아가는 시계고 바람은 불어가는 시계다. 생명들도 생명 아닌 것들도 다 무엇인가의 시계이며 거대한 우주라는 시계의 부품이다.

둥근 시계가 시간이라는 관념의 바퀴를 돌리며 세계를 움직이고 있다. 시계의 길은 둥글다.

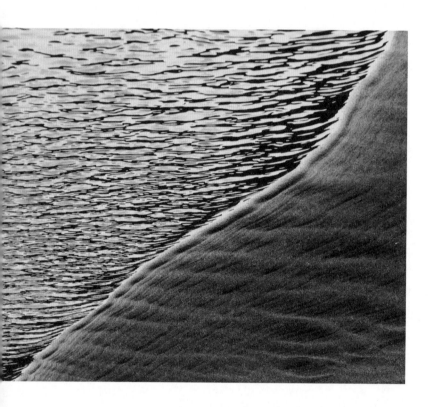

섬이 쓰고 바다가 그려주다

파스 한 장

)

— n형에게

새해에 고향은 다녀왔는지요. 명절날 고향 가는 길이면 제가 생각나는지 고향에 내려가냐고 늘 전화를 주셨죠. 올해 저는 고향에 다녀왔습니다. 고향 가다가 여동생 차를 타고 가는 중이라고 휴게소에서 전화를 주곤 하셨는데 소식이 없었음을 이제 겨우 생각하고 편지를 씁니다.

지난번 어깨 다친 일 때문에 고향을 못 가신 것은 아닌지요. 형도 저처럼 혼자 살아 파스 붙이기가 여간 힘들지 않을 텐데. 어깨가 결릴 때 파스를 방바닥에 놓고 손거울 보며 낙법하지 마세요. 한 장 남은 파스 엉뚱한 데 붙어버리면 슬퍼지니까요. 파스를 양면테이프로 벽에 붙여놓고 등짝을 조정해서 붙여보세요. 좀 나을 겁니다. 빨리 찾아뵙고 파스라도 한 장 붙여 드려야 하는데, 사는 게 이리 맘과 다릅니다.

형편이 되지 못해 명절에 고향 못 간 친구들과 함께 형 방에 모여 창틀에 걸린 달 쳐다보며 지냈던 일이 엊그제 같은데 우리가 벌써 오십이 다 되어가는군요. 형님은 그동안 부모님 두 분이 다 돌아가셨으니 고향에 갔었어도 쓸쓸했겠네요. 형이 어깨를 다치며 깐 전선줄이 세상에 따뜻한 빛을 선사해주는 것처럼 어렵게 살던 나를 다독여주던 형의 마음이 내 마음에 따뜻하게 빛나는 순간 잦습니다.

형이 올해에는 마음 따뜻하고 이해심 많은 여자 만나 행복한 생활 꾸리시길 빌겠습니다. 눈빛 한번으로 근육통 풀어주고 말 한마디로 맘 싱싱 푸르게 만들어주는 킹카 여자 친구 만나라고 정성 들여 빌어볼게요.

날씨가 추우니 곧 봄이 오겠지요. 정릉 계곡에 벚꽃 흩날리던 봄이 생각나는군요. 형, 우리 봄에 한번 만나요. 제가 술 한잔 살게요. 병술년이라고 병술 먹지 말고 기분 좋게 꽃술 몇 잔 들어요. 이곳 섬에서 숭어회도 좀 떠갈게요. 형도 열심히 살라고 제 등짝 한번 탁, 쳐주세요. 형의 '손 파스'만 한 힘이 어디 또 있겠어요.

— 꽃피는 봄을 기다리며 동생 올림

섬이 쓰고 바다가 그려주다

다섯 ———————— 물컹물컹한
                              말씀

나마자기

어찌 멸망의 빛이 이리 아름답다냐
뻘이 돋아지며 죽어가고 있다는
환경지표식물이라 했던가
뭍 쪽의 붉음에서 바다 쪽 푸르름까지
색 경계 허물어 무지개 밭이로구나
조금밭에 뻘물 뒤집어쓰지 않아
빛깔 더 고운 나마자기야
너는 왜 해질녘에 가장 아름다운 것이냐
채송화 잎처럼 도톰한 네 잎 따 씹으면
눈물처럼 짭조름하다
뻘에 박혀 있던 둥근 바위 그림자
해 떨어지는 순간 너희들 위로
무게 버리고 길게 몸 펴며 달린다

섬이 쓰고 바다가 그려주다

바위 그림자 달리는 속도라니

소멸이 이리 경쾌해도 되는 것인가

깨줄래기 떼 그림자 투하하며 날자

칠게들 일제히 뻘구멍 속에 숨는다

얄리얄리 얄라셩 망조 든 나라 슬퍼

굴조개랑 너를 먹고 산다 했던가

나마자기야

나마자기야

어찌 유서가 이리 아름답다냐

술자리에서의
충고

)

그래! 냄비 주전자는 어떨까?

동네 친구들과 배를 타고 바다로 나가 라면을 끓여 먹다가 문득 아이디어가 떠올랐습니다. 배에 국자가 없어 떠오른 생각입니다. 라면을 먹으며 종이컵으로 국물을 떠먹는데 여간 불편한 게 아니었습니다. 국물이 갑판에 흘렀고 손이 뜨거웠습니다. 냄비에 주전자 불알을 달면 어떨까. 주전자 기능과 냄비 기능을 합쳐놓으면 국물을 따라 먹어야 하는 매운탕이나 라면을 끓여 먹을 때 편할 것 같았습니다. 친구들에게 특허감이 하나 떠올랐다고 하자 친구들이 또 무슨 엉뚱한 소리냐고 웃습니다. 냄비 주전자 얘기를 하자 '글쎄올시다' 하는 표정으로 고개를 갸웃갸웃거립니다. 나는 내친김에 어젯밤 이야기를 늘어놓습니다.

결혼한 사람들은 내 고통을 몰라. 어제 말이야 낙지 잡느라 뻘을 쑤셨더니 등짝이 결리고 가렵더라고. 효자손을 한참 찾다가 엉뚱한 특허감을 떠올렸지. '미녀손!' 나처럼 노총각이 무슨 '효자손'이 필요해. 장가도 못 간 놈 뭐, 염장 지를 일 있나. 이왕이면 대나무 손이라도, 이름만이라도 '미녀손'이라고 하면 어떨까 하는 생각이 퍼뜩 뇌리를 스치대. 이거 된다니까. 관광객들도 재미 삼아 살거고. 아저씨가 '미녀손' 사면 아줌마도 열받아 자매품 '총각손' 살거 아냐. 대나무에 글자 세 자만 쓰면 된다니까. 힘들게 낙지 잡느니 특허 사업이나 한번 해볼까, 우리 같이.

형이나 잘하세요. 물 다 빠지고 뻘밭 드러나는데요. 우린 낙지나 잡으러 갈 테니까요.

우스갯소리를 하다가 배에서 내렸습니다. 또 특허 얘기로 우스갯소리를 했구나 생각하니 기분이 씁쓸해졌습니다. 배에서 내려 낙지 구멍을 찾으며 뻘밭을 걷습니다. 뻘이 발을 잡아당겨 힘이 듭니다. 십여 년 전 술자리가 떠오릅니다. 선배 시인 형님들과 술을 마시고 있었습니다.

형님, 제가 처음 특허를 만든 게 뭔지 아십니까? 몰라, 난 특허가 뭔지도. 이쑤시개입니다. 옛날에는 성냥을 많이 사용했잖아요. 사람들이 그 성냥개비를 꺾어 이를 쑤셨고요. 아니 처음부터 성냥개비를 만들 때 황이 붙어 있지 않은 쪽을 이쑤시개처럼 뾰족하게 깎아놓으면 되지 않을까 하는 생각이 들더라고요. 그때부터 특허에 관심을 갖게 되었지요. 바로 안 잃어버리는 우산을 만들었지요. 안 잃어버리는 우산? 네. 첫째 우산을 비싸게 받는 겁니다. 십만 원짜리 우산을 누가 잃어버리겠어요. 농담이고요. 우산을 팔 때 우산 그림이 있는 신발 깔창을 껴주는 거죠. 신발을 신다가 앗, 우산 생각나게. 그 다음 만든 것은 신선도를 위한 탄산음료 '투터치' 캔이지요. 나중에 가로막이 캔은 나왔는데 세로막이 캔을 만들어야죠. 가로막이 캔은 뒤집으면 잔류 내용물이 흐르게 되잖아요. 그런데 한계는 사업주들이 싫어할 것 같아요. 우산도 잃어버리고 음료수도 다시 사먹어야 장사가 되죠. 그래서 업주도 좋고 소비자도 자세 나오는 상품을 하나 만들었는데요. 요새 젊은 여자들 혁대 길게 늘어뜨리고 다니잖아요. 그 늘어진 혁대 끝에 가짜 버클을 하나 다는 것이죠. 혁대가 마치 풀어진 것 같고 얼마나 도발적이겠어요. 그만둬라, 이 친구야. 그렇게 사람들이 무엇을 만든 이 세상이 뭐가, 얼마나 더 좋아졌냐. 만드는 게 능사가 아냐.

그때 나는 화들짝 놀라 술이 다 깨었습니다. 물론 나도 특허 얘기를 재미 삼아 했었지만 크게 혼났습니다. 그때 혼난 일이 후일 내가 이런 시를 쓰게 된 바탕 힘이 되지 않았을까 싶습니다.

섬이 쓰고 바다가 그려주다

딱딱하게 발기만 하는 문명에게

거대한 반죽 뻘은 큰 말씀이다

쉽게 만들 것은

아무것도 없다는

물컹물컹한 말씀이다

수천수만 년 밤낮으로

조금 무쉬 한물 두물 사리

소금물 다시 잡으며

반죽을 개고 또 개는

무엇을 만드는 법을 보여주는 게 아니라

함부로 만들지 않는 법을 펼쳐 보여주는

물컹물컹 깊은 말씀이다

정말 모로 가도
서울만 가면
되는 걸까?

)

"어느 책에서 봤는데, 미팅할 때 하품을 해보라고 하더라."

"왜?"

"그러면 관심을 갖고 있던 남자가 따라 하게 되어 있다. 왜 하품은 따라서 하잖아?"

지하철을 타고 가는데 처녀들의 발랄한 목소리가 귀에 와 박혔다.

"공항에서 마약 찾는 개들, 왜 그런 개들을 무슨 개라고 부르죠?"

"탐색견. 그런데 왜요?"

"먼저 그 개들을 마약 중독이 되게 만든대요. 중독된 개들이

──────── 섬이 쓰고 바다가 그려주다

몸속에 마약 기운이 떨어져 금단 증상을 일으킬 때 끌고 나가 탐색을 한대요. 그러면 그 탐색 능력이 배가 된다나요."

"그게 어느 나라 얘기인데. 콜롬비아 정도 되나요?"

"독나방 같은데…… 이름은 잘 생각이 나지 않아. 그런데 말야, 독이 치명적이라 남미 쪽에서 그 나방을 죽이는 데 어떤 방법으로 죽이는지 알아."

"……"

"일단 그 나방의 알을 부화시킨대. 수놈만. 그리고 그 유충에 방사선을 쬐어 생식 능력을 없앤대. 그렇게 기른 나방 수백만 마리를 날려보낸대. 그러면 나방들은 교미기에 교미를 하게 되고. 알을 낳지만 무정란이라 다음해에 부화하지 못한다는 것이지."

글 쓰는 친구가 티브이에서 본 얘기를 들려주었다.

나는 오늘 외출해서 참 많은 말들을 들었다. 지하철에서 하품까지 동원하여 자신에게 관심 갖고 있는 남자를 찾아보라고 하는 어느 처녀의 말을 들었고, 타락한 방법으로 타락을 척결하려는 인간의 신성한 의지에 희생된 탐색견에 대해 들었고, 유전자 조작으로 독나방을 멸종시킨다는 말을 들었다. 나는 오랫동안 오늘 들었던 말들에 대해 생각에 잠겨 있다가, 문득 떠오르는 게 있어 일기장을 뒤적거렸다.

'1984년 12월 23일. 우주 왕복선 콜롬비아호, 우주인 생명선 없이 우주에 나가 유영하기에 성공. 해외 토픽. 말레이시아 17세 산모, 꼬리 달린 아기 출산. 신문을 보며 통쾌함을 느끼다.'

나는 그때 왜 통쾌함을 느꼈다고 적어놓았던 것일까.

폭력 냄새나는 말들

)

전원마을, 푸른마을, 강변마을······ 아파트 단지 이름들은 대부분 예쁘다. 그런데 그 이름들을 곰곰이 생각해보면 그 이름들이 얼마나 폭력적인가를 알 수 있다. 전원마을은 전원을, 푸른마을은 푸름을, 강변마을은 강변의 풍경을 해치고 있다는 말과 다르지 않다. 해안도로를 지나며 만나는 간판들도 폭력적이기는 매한가지다. 노을횟집은 노을을, 갯벌펜션은 갯벌을, 등대편의점은 등대를 대개 가리고 있다. 풍경에 폭력을 가하면서 그 폭력성을 당당히 내세우는 시대에 우리는 살고 있다. 이런 간판의 폭력성은 자연과 맞닿아 있는 곳에서 더 확연히 드러나지만 도회지라고 해서 예외는 아니다. 도회지의 간판들은 폭력성을 넘어 잔인함까지 드러낸다. 생오리 철판구이, 돼지 애기집보, 새싹 비빔밥, 불타는 닭갈비

등 다시 한 번 생각해보면 너무 잔인한 음식점 이름이 우리 주위에는 수두룩하다.

우리는 매년 여름 '수마'란 말을 듣는다. 수마水魔. 몸의 거지반이 물로 된 사람이 물에게 '마魔'란 말을 쓸 수 있을까. 아무리 물이 사람들에게 피해를 줬다고 해도 마란 말을 함부로 쓸 수 있을까. 생각해보면 물길에 사람들이 살아 피해를 본 것 아닌가. 사람들이 대기의 온도를 올려놓아 물의 순환 질서를 어지럽힌 결과로 폭우 피해를 보는 것 아닌가. 설사 피해를 크게 보았다고 하더라도 마란 말을 쓰지 말고 옛사람들처럼 그냥 '큰물이 났다'고 해야 옳지 않을까.

나는 자연보호란 말이 자연을 얕잡아보는 발상에서 만들어진 말임을 글로 썼었다. 자연이 사람의 보호를 받을 만큼 나약한 존재인가, 그런 생각을 가지고 자연과 더불어 평화롭게 살아갈 수가 있을까 하는 내용의 글이었다. 그 글을 쓴 후 나는 자연보호란 글만 보면 신경이 곤두섰다.

지난여름 구미 금오산에 갔었다. 시원한 계곡 물소리를 들으며 계곡을 오르다가 걸음을 멈췄다. 사람들이 어디서 캐왔는지 인위적으로 세워놓은 큰 바위에 써놓은 글귀 때문이었다. '자연보호'란 큰 글씨는 충격이었다. 자연을 보호하자고 하는 사람들

섬이 쓰고 바다가 그려주다

이 바위를 옮겨 세워놓고 그 바위를 정으로 쪼아 '자연보호'란 글씨를 새길 수 있을까. 이보다 우스꽝스러운 일이 어디 또 있을까. 그 기념비를 세운 내력에는 금오산이 자연보호 운동의 발상지라는 글귀가 자랑스럽게 적혀 있었다. 박정희 대통령이 금오산에 올라 쓰레기를 줍고 자연보호에 힘쓰라고 지시한 데서 자연보호 운동이 시작되었다는 글귀 앞에서 한참 동안 넋을 잃고 서 있었다. 내 머릿속에 북한산 들목에서 보았던 바위에 써놓은 자연보호 헌장이 떠올랐다. 등산객들이 등산로를 표시하며, 자연보호란 글귀가 새겨진 표식을 철사로 나뭇가지에 붙들어 맨 것을 보았던 기억도 살아났다. 결국 철사에 묶인 나뭇가지는 성장을 못해 죽고 말 텐데…….

머리가 어지러웠다. 금오산 맑은 물소리는, 사람이어서 미안한 마음을 그래도 맑게 닦아주며 흘러내렸다.

자연보호란 말의 어폐를 발견한 이후 우리가 쓰는 말의 의미를 되새겨보는 습관이 생겼다.

'땅이 거북 등처럼 갈라졌다.' 거북 등이 갈라지면 거북은 죽는데 거북 등 무늬 모양으로 갈라졌다고 써야 옳지 않을까. '경찰은 민중의 지팡이다.' 민중은 모두 지팡이가 필요한 만큼 나약한가. 민중을 얕잡아보던 군사 독재 시절에 쓰던 말을 아무 생각 없이 쓰고 있는 것은 아닐까 등등.

이러한 습관은 내 시 쓰기에 많은 영향을 주었다. 가령 〈공기총〉이란 시에서는 공기를 총에 사용하고 있다는 사실에 놀란 점을, 식물인간이란 말을 생각하면서는 식물이란 말도 무섭게 들려올 때가 있음을, 이라크 전쟁 때는 '폭탄의 어머니'란 별명을 가진 폭탄을 생각하며 어머니란 말을 폭탄에도 붙이는 미국 사람들의 이질적 정서에 대해 썼다.

요즘에는 내가 세상을 느끼는 내 감각에 대해서도 다시 생각해보는 습관이 생겼다.

풀을 베다가 쉬면서 맡는 풀 냄새는 정말 향기로운 것일까. 몸 잘린 풀의 냄새가 향기롭다니. 새소리가 정말 아름답게 들리는 것일까. 새소리에 나비가 놀라고, 놀란 나비가 다가오던 방향을 바꿔 실망한 꽃빛깔이 순간 옅어졌을 텐데. 내 감각에, 잔인함을 아름답게 느끼는 폭력성이 이미 내재되어 있는 것은 아닐까. 썩어 내가 못 먹게 된 음식에서만 악취를 맡는 내 후각도 감각에 내재된 폭력성을 뒷받침해줄 수 있는 증거가 되지는 않을까.

내재된 폭력성을 이마에 버젓이 다는 이 시대의 언어에서는 폭력 냄새가 난다. 우리가 사용하는 언어를 되새겨보지 않고 묵인한 결과일 것이다.

내가 쓴 시집들은 제목으로 독자들을 우롱하지는 않았을까. 내가 함부로 쓴 시 구절이 사람들 마음이나 나무들 생각이나 새들의 눈빛을 다치게 하지는 않았을지, 나 먼저 깊이 반성해볼 일이다.

섬이 쓰고 바다가 그려주다

'해안선순환도로'라는
말을 생각하며

)

아파트들은 가지런한 문명의 이빨 같다. 서울에서 일을 보고 집으로 돌아가다가 만나는 아파트들은 여러 가지 생각을 던져준다. '풍년마을 아파트', 평야 한가운데 아파트를 지어놓고 무엇이 풍년이란 말인가. 곡식 대신 아파트가 풍년이란 말인가. 아파트 벽면엔 대형 벽화가 그려져 있다. 각 동에 그려진 그림은 〈농가월령가〉를 연상시켜준다. 서울 쪽에서 바다 쪽으로 가면서 볼 때 첫 동에 농부가 쟁기질하는 그림이 그려져 있고 그 다음 동엔 씨를 뿌리고, 그 다음 동엔 아낙이 들밥을 내가고…… 그 다음 동엔 추수하고, 마지막 동엔 수확의 기쁨을 즐기며 널뛰기 놀이를 하는 그림이 펼쳐져 있다.

이 그림들 속에는 어떤 의도가 깔려 있을까. 이 그림을 기획했

을 건축주나 구상했을 화가의 의도는 무엇이었을까. 건축가 함성
호 씨는 건축물을 세우면서 훼손한 자연물_{나무나 바위 같은}이 있을 경
우 그 건축물 이름에 훼손한 자연물 이름을 넣는다고 한다. 터를
닦으며 잣나무를 죽인 경우 잣나무 이름을 넣어 잣나무가 살았었
음을 기록하고 건축물 이름을 통해서라도 나무를 살려놓는다는
것이다. 함성호 씨처럼 풍년마을 아파트를 건축한 건축주도 훼손
한 자연에 미안한 마음이 들어 아파트 자리가 풍년이 들던 논이었
음을 벽화에 남긴 것일까. 화가 혼자만의 구상에 의한 그림이라면
화가는 왜 서울 쪽에서 바다 방향으로 쟁기질해나가는 그림을 그
렸을까. 이 아파트는 출발지이고 미래에 아파트 숲이 바다 쪽으로
이어진다는 암시일까. 아니면 농경 사회가 바다 쪽으로 후퇴하고
있다는 상징을 깔아놓은 것일까.

김포 신도시 건설 계획이 발표되자 강 건너 강화도에도 이상
한 바람이 불기 시작했다. 곳곳에 해안순환도로가 뚫리고 건물들
이 우후죽순으로 들어서고 있다. 어디 전쟁이라도 벌어졌는지 수
십 대의 궤도바퀴가 땅을 파헤치고 시멘트 참호를 만드는지 레미
콘이 제 몸통을 돌리며 미친 듯 포장도로를 질주한다. 시멘트가
엄청난 번식력으로 흙을 덮어간다. 자고 일어나면 집이 한 채씩
들어선다.
그렇게 건물들이 들어서며 바다 풍경이 지워지고 있다.

○○펜션, ○○마트, ○○카페, ○○가든, ○○횟집, ○○호텔…….

새로 들어서는 건물들은 하나같이 경치가 좋은 곳에 자리를 잡는다. 대개의 건물들은 풍경과 조화를 이루지 못하고 풍경을 해치고 있다. 풍경과 어우러지며 더 멋진 풍경을 연출한다면 얼마나 좋을까. 예술품은 못 될지언정 풍경을 해치지나 말아야 할 텐데 조악하게 멋을 부린 건물들 일색이니 걱정이다.

해안선도로를 따라 들어선 건물들이 길을 가며 볼 수 있던 바다 풍경을 가로막는 장벽이 되고 있다. 물론 건물들 속으로 들어가면 옛 풍경 그대로의 바다를 만날 수도 있을 것이다.

그런데 여행자들이 그런 풍경을 왜 건물 속에서만 만나야 한단 말인가. 건물 여행자가 아닌 해안 길 여행자들이 바다 풍경을 살리고 있는 것도 아니고 망치고 있는 건물들만을 왜 보아야 한단 말인가. 길을 가며 바다 풍경을 즐길 권리를 해안 길 여행자들은 빼앗기고 있다. 풍경을 해칠 권리는 있고 풍경을 즐길 권리는 없단 말인가.

결국 풍경을 해치는 일은 길 여행자들을 유치해 먹고살아야 할 건물 주인들이 미래의 손님을 쫓고 있는 셈이 아닐까. 풍경이 아름다워야 사람들도 몰려들고 그래야 자신들의 생활에도 도움이 될 텐데. 개발에만 힘쓰고 있는 지방 정부가 특별한 대책을 세우지 않는다면 여행자들이 줄어들고 난 후에야 자승자박해왔음을 절감하게 될 것이다.

　현대 문명은 지하에서 지상으로 딱딱하고 뜨거운 것을 캐 올리기에 목을 매달고 있다. 시멘트를 캐 올려 수직의 건물들을 세우고 화석 연료를 캐내 회전력을 얻어 속도에 가속화를 추진하고 있다. 이제 속도와 수직 성향의 문명은 문명의 발상지인 물을 향해 치닫고 있다. 결국 문명은 문명의 발상시인 물을 찾아 헤매는 단계까지 오고야 만 것이다. 딱딱함을 주물러줄 부드러움과 뜨거움을 식혀줄 차가움을 찾아, 물을 찾아 이곳 섬까지 문명의 튼튼한 이빨 같은 건물들이 들어서고 있는 현실에 마음이 무겁다.

먼지의 제왕

)

〈먼지의 제왕〉이란 시를 한 편 쓰려고 맘먹은 지 벌써 두 달이 지났다. 생각보다 시가 잘 풀리지 않는 이유는 무엇 때문일까. '털어서 먼지 안 나는 사람 없다'는 말에서 발상을 얻었다. 털지 않아도 먼지가 풀풀 날리는 사람들이 모여 있는 여의도 국회의사당. 먼지가 많이 날릴 걸 미리 감안했던 것일까. 물로 에워싸인 섬을 선택했던 탁월한 예지력. 그러나 그 예지력을 넘어 풀풀 날아오르는 먼지, 먼지들, 먼지들의 세상. 자신들이 날린 먼지에 자신들이 가려 국민들이 보이지 않는 것일까. 자신들이 피운 먼지에 자신들은 가려 국민들이 볼 수 없다고 믿는 것일까.

시가 잘 풀리지 않아 먼지에 얽힌 추억들을 떠올려보았다. 뚫린 문창호지 구멍으로 쏟아져 들어오는 햇살 가득히 날아오르던 먼지들. 손바닥으로 빛을 가리면 마술처럼 금방 사라지던 먼지들. 차가 달릴 때마다 보얗게 일어나는 먼지를 뒤집어쓰던 비포장도로의 코스모스들. 쪼그려 앉아 타작한 녹두를 키질하며 먼지에 폭 파묻히던 어머니.

아름드리나무가 베어 넘어지며 푹석 날려 올리던 먼지들. 헬리콥터 땅에 내려앉는 것 보려고 학교 운동장에 달려갔다가 뒤집어썼던 먼지들. 회오리바람이 일으켜 세우는 먼지기둥에 뛰어들어 따갑던 종아리. 가뭄 끝에 빗방울 후드득 떨어지면 폭폭 먼지일며 피어나던 흙내…….

추억을 떠올려보아도 시가 잘 완성되지 않는 이유는 무엇 때문일까. 추억 속의 먼지가 여의도 먼지와 한 이미지 속에 놓이기를 거부하는 걸까. 추억 속의 먼지와 달리 여의도 먼지는 진행형이라 시제에 문제가 있는 것일까. 시를 아예 역설적으로 풀어 가 보면 어떨까.
여의도에서 나는 먼지를 건강함 쪽으로.

분골쇄신 국민들을 위해 일하시는 그분들의 뼛가루 날린다, 국민들을 위해 아낌없이 말린 핏가루 살가루 날린다. 머릿속에서

돈 세는 먼지가 결코 아닌 국민들을 위해 사재까지 주머니 탈탈
터는 먼지 가득 날아오르는 여의도…….

　팽두이숙烹頭耳熟. 대가리를 삶으면 귀까지 익는다고 했던가. 중
요한 부분만 처리하면 남은 것은 저절로 해결된다는데 가슴 시원
하도록 온 누리에 참 심판의 비 내려 먼지의 제왕들을 쓸어낼 날
은 언제 올 것인가.

고욤나무
아래서

)

아랫집 축사에서 소들이 운다. 새로 사온 송아지들이 우니까 어미 소들도 따라 운다. 울음소리로 송아지들을 달래주는 걸까. 아니면 자기들이 이사 오던 송아지 적 기억을 떠올려보는 걸까. 안마당 평상에 걸터앉아 소 울음소리에 귀를 세우고 있는데 인기척이 난다. 양철 대문을 열고 바깥마당으로 나선다.

"어떻게 오셨어요?"

"고욤나무 묘목 좀 뽑아갔으면 해서 왔슈."

고욤나무 주위를 두리번거리던 늙수그레한 아저씨가 담배를 꺼내 문다.

"어디서 오셨어요?"

"충렬사 있는 선행리에서 왔슈."

어떻게 알고 왔는지 육십 리 길을 왔기에 묘목을 뽑아가라고 하자 농부는 길 건너편에 정차하고 있는 트럭을 향해 손짓을 한다. 물탱크가 실린 트럭 시동을 끄고 차에서 내린 아저씨가 세숫대야를 챙겨 마당으로 올라선다.

"고욤나무 길러서 감나무 접붙이려고 하시죠?"

"그려유. 아이, 작년에 고욤 씨를 심었는데 거름을 너무 많이 줘선지 다 죽어서 아예 묘목을 캐러 다니지 뭐유."

목장갑을 낀 아저씨들이 풀을 헤치며 볼펜 크기만큼 자란 묘목을 조심스레 뽑아 세숫대야에 담는다.

올봄에 있었던 일이 떠오른다.

"그 나무 다시 고욤나무가 되었어."

"예."

"손가락 굵기만 할 때 땅에서 한 뼘 정도 남기고 자른 다음 쪼개고 새순 튼 감나무 가지를 잘라 박고 물 안 들어가게 꽉 묶어놓아 접붙이기 성공을 했었어. 그런데 제초제가 감나무 이파리에 날아가 줄기가 죽으니까 다시 고욤나무가 되더라고."

감나무가 되었다가 다시 고욤나무 된 고욤나무를 안쓰럽게 만지고 있자 아랫마을 형이 한마디 던졌다.

"요즘은 고욤나무 가지에 따로따로 접을 붙여 한 가지에는 뾰루지감, 다른 가지에는 대접감, 또 다른 가지에는 단감이 달린다는 걸. 한 나무에서 여러 종류의 감이 달린다는 얘기지."

아랫마을 형네 집에서 돌아오며 나는 사람들의 욕심이 어디까지 갈 것인가 걱정되었다. 이스라엘 사람들이 더운 곳에서 잘 자랄 수 있게 털 안 나는 닭을 만들었다는 뉴스와 미국 사람들이 소고기에 양분을 주입해 소가 아닌 소고기를 키우는 데 성공했다는 우주인들 양식을 위해 개발했다는 글을 본 기억도 떠올랐다. 그날 슈퍼 옥수수, 슈퍼 젖소, 슈퍼 콩 등 '슈퍼'를 좋아하는 사람들의 슈퍼 욕심을 생각하며 꼭 그렇게 해야 사람들이 살아갈 수 있다면 사람들을 작게 만드는 법을 연구해보면 어떨까 하는 역설적인 시를 한 편 썼다.

"가을에 와 고욤 좀 따가도 되겠슈? 사실 작년 가을에도 우리가 고욤 털어갔었는디……."

고욤 묘목을 열심히 뽑고 있는 아저씨들에게 몇 마디 말을 건네자 편안하게 느껴졌던지 모르고 있던 사실까지 고백하며 부탁을 해온다.

"그건 안 돼요."

나는 단호하게 거절한다.

눈 내려 산과 들에 먹을 것 없어지면 새들이 고욤 먹으러 많이 날아온다고, 이파리 다 진 다음 수만 개의 고욤이 매달린 고욤나무는 아름답다고, 내가 지금까지 살며 가장 많이 쳐다 본 나무라고, 내게 그늘을 가장 많이 베풀어준 나무이고, 혼자 사는 내가

섬이 쓰고 바다가 그려주다

답답할 때 말을 거는 말동무라고, 그런 친구의 꿈을 내가 지켜줘야 한다고. 아저씨들에게는 사치스럽게 들릴 변명을 늘어놓는다.

묘목을 많이 뽑아 고맙다고 인사를 하는 아저씨들 얼굴에서 섭섭함이 배어난다. 아저씨들과 천여 그루 고욤나무 묘목이 떠나고 고욤나무를 어루만지며 말을 건넨다.

"너무 슬퍼하지 마. 새들이 물고 가 발아시켜준 씨앗도 많잖아. 모든 열매가 다 살아날 수는 없잖아."

아랫집 축사에서 소 울음소리가 들린다. 사람들에게 우유를 공급해주는 소 울음소리로 어떻게 내 욕심을 씻어낼 수 없을까 궁리한다. 고욤나무가 바람에 흔들리고 고욤나무 그늘도 흔들린다. 고욤나무가 흔들리는 그림자로 자기 씨앗들이 머물던, 파헤쳐진 흙을 쓰다듬는다.

도대체 우리 사람들의 욕심은 어디까지 갈 것인가. 나는 혼자 중얼거리며 밟고 있던 고욤나무 그림자에서 얼른 내려선다.

섬이 쓰고 바다가 그려주다

그냥 내버려둬
옥수수들이
다 알아서 일어나

)

귀뚜라미 울음소리가 들려온다. 사방이 조용하다. 동네 민박집에 손님들이 들지 않았나 보다. 이곳저곳에서 어둠을 오염시키며 터지던 폭죽 불빛들이 멎었고 노래를 크게 틀고 질주하는 차들도 사라졌다.

바깥마당에 나와 귀뚜라미 울음소리를 들어본다. 사방에서 들려오는 울음소리가 잔물결처럼 섞이며 한 방향으로 흐르는데 그 방향을 알 수가 없다. 바다 쪽으로 흐르는 것 같다고 생각하면 바다 쪽으로 흐르고, 산 쪽으로 흐르는 것 같다고 생각하면 산 쪽으로 흐른다. 참 묘하다.

귀뚜라미들은 온도에 따라 다른 속도로 날개를 비벼대며 소리를 낸다고 한다. 십삼 초 동안에 우는 귀뚜라미 울음소리를 센

물컹물컹한 말씀 —————— **209**

다음 그 수에 더하기 사십을 하면 화씨 온도가 된다는 글을 보았
었다. 귀뚜라미 울음소리가 제일 아름답게 들리는 온도가 몇 도씨
라는 신문 기사도 보았었는데 몇 도씨였는지는 기억나지 않는다.
밤 기온이 내려가 귀뚜라미 울음소리에 쓸쓸함이 제법 묻어난다.

텃밭에서 바스락 소리가 난다. 불빛을 비추자 옥수수를 갉아
먹던 쥐가 눈치를 보며 천천히 도망간다. 아니 예의상 잠시 피해
주는 눈치다. 손전등을 껐다 켰다 하며 불빛을 쥐가 숨은 풀숲으
로 던져보다가 쥐가 미워져 흙덩이를 집어던진다.

"쓰러진 옥수수 대궁, 그냥 내버려둬도 일어날까?"

주인집 아주머니가 주말에 와 텃밭을 가꾸며 심어놓은 옥수
수 대궁들이 장마철 비바람에 일제히 쓰러졌다. 옥수수 대궁들을
줄로 잡아매며 강제로 일으켜 세우다 뿌리가 끊어져 그만두고 동
네 친구 세 명에게 물어보았다. 두 명은 못 일어난다고 했고 한 명
은 스스로 일어선다고 했다. 판단을 내릴 수 없어 할머니들에게
물어보았다.

"그냥 내비려둬. 옥수수들이 다 알아서 일어나. 괜히 강제로
일으켜 세우면 옥수수통 끝 알이 잘 여물지 않고 쭉정이가 돼. 주
접이 든다구."

땅바닥에 쫙 깔렸던 옥수수 대궁이 삼사 일 지나자 할머니 말
처럼 일어나기 시작했다. 옥수수들이, 지게꾼이 지게 작대기로 땅

을 짚고 일어서듯 곁뿌리를 뻗어 땅을 짚고 일어섰다. 쓰러지며 뿌리가 많이 끊어진 대궁은 비스듬히 일어섰고 그렇지 않은 대궁들은 아무 일도 없었다는 듯 자리를 툭툭 털고 곧게 일어섰다. 옥수수들이 대견스럽다 못해 생명에 대한 경외심마저 들었다. 해서 다가올 태풍에는 쓰러지지 않게 말뚝을 박고 줄을 띄워주었다. 옥수수들은 폭염 속에서도 등에 '수염 난 아이들을 업고' 잘 자랐다. 그런 사연을 헤아릴 턱이 없는 쥐들이 쓰러지지 말라고 매둔 줄을 타고 다니기까지 하면서 옥수수를 갉아먹으니 미운 마음이 들 수밖에 없다.

마당에서 옥수수 밭으로 드리워진 고욤나무 그림자가 엉성하다. 병을 앓고 있어 이파리가 많이 떨어졌기 때문이다. 몇 년 전부터 고욤나무는 이파리가 검게 타며 말라 떨어지는 병을 앓고 있다. 약을 사다가 뿌려주기도 했지만 그리 신통한 효험을 보지 못했다.

그런데 놀라운 일들이 벌어졌다. 병든 잎새가 다 떨어져 열매만 가득 매달고 있던 고욤나무가 다시 한 번 새싹을 틔워 새 이파리들을 달았다. 또 작년에는 봄부터 이파리를 빽빽하게 키워 고욤이 익을 때까지 잎 지는 시간을 잡아 늘리는 전략도 펴 보였다. 고욤나무는 그런 전략으로 약을 준 해보다 실한 열매들을 더 많이 매달았다.

자연은 자연이 알아서 치유하게 그냥 그대로 두는 게 더 낫다는 말을 실감시켜준 고욤나무 우툴두툴한 껍질을 만져본다.

집 근처에 작은 해수욕장이 하나 있다. 몇 년 전만 해도 해안선 곡선이 예쁘게 살아 있고 환한 모래밭 끝에 검은 뻘 천팔백만 평이 장엄하게 펼쳐지는 아름다운 해수욕장이었다. 그런데 해송 지대가 깎여나간다고, 해송을 보호해야 한다고 해수욕장에 제방을 쌓았다. 그 후 해변의 모래들은 유실되기 시작했고 해안선은 단조로운 직선이 되어갔다. 모래가 거지반 쓸려나가고 뻘이 깎여나가고 다져진 요즘은 아름답던 옛 모습을 찾아보기 힘들다. 사람들이 자연을 보호한다고 '오버'한 결과다.

뻘에는 밭과 길이 있다. 바닷가 사람들은 뻘길로 들어가 뻘밭에서 조개를 캐고 낙지를 잡으며 살아왔다. 그런데 '뻘 체험 캠프'를 열어 아이들에게 자연을 가르친다는 명목으로 뻘밭을 마구 짓밟게 해 뻘이 죽어가고 있다. 이곳 해수욕장 뻘밭이 그렇고 인근 바다 학습 체험장 앞 뻘밭이 그렇다. 더 이상 뻘밭을 딱딱하게 죽이는 일의 최선봉에 죄 없는 아이들을 자연체험이란 이름으로 내세워서는 안 될 것이다. 뻘을 체험하려면 뻘길을 만들어 뻘을 산책해보아야 할 것이다.

뻘에 함부로 들어가서는 안 된다는 것을 체험해가야 할 아이들 손을 잡고 자랑스럽게 뻘밭으로 들어가는 어른들이 있는 한 뻘

섬이 쓰고 바다가 그려주다

은 사라지고 먼먼 훗날, 지금의 아이들은 어른이 되어 기억을 더 듬게 될 것이다.

옛날에 온도에 따라 울음소리를 달리 울던 귀뚜라미라는 곤충이 있었지. 바람에 쓰러지면 곁뿌리를 내짚고 일어서는 옥수수도 있었고……. 바닷가에 말랑말랑한 흙도 있었지. 뻘이라고 부르던……. 나는 그 흙을 아버지와 같이 죽여보았던 추억이 있지.

팔무리

)

밤에는 물 잡아놓은 논에 개구리 울음소리가 가득하고 낮에는 논 쓸리는 트랙터 뒤를 백로가 쫓아 날며 먹을 것 찾더니 들판이 온통 물거울이다. 농부가 잘 잡아놓은 수평에 산이 내려와 푸른 바탕을 깔아놓았다.

흥왕리 너른 들판에 모내기가 한창이다. 한 달 전 동네 사람들이 모여 모판에 볍씨를 넣을 때였다. '팔무리'로 나르지. 팔무리? 쭉 서서 옆 사람에게 전달 전달하는 것.

이앙기모내는 기계 규격에 맞추어진 모판에 흙을 담고 물을 뿌린다. 그 다음 볍씨 넣는 기계 컨베이어에 모판을 올려놓으면 볍씨가 뿌려지고 다시 흙이 한 켜 덮인다. 그렇게 완성된 기왓장 두 장 크기의 모판은 제법 무겁다. 미리 잡아놓은 비닐하우스 안 평지에 모판을 쭉 펼쳐놓는 일은 힘이 들었지만 내 손을 지나가는 몇 만 평 논에 뿌리내릴 푸른 모를 생각하며, '팔무리'란 말의 아름다움 을 생각하며 땀을 흘렸었다.

오늘은 동네 사람들 댓 명이 모여 차에 모판을 싣고 들판으로 나가 다시 팔무리로 논 이천 평에 이백이십 판씩 모판을 내려놓았 다. 먼저 모를 낸 논에는 옅은 푸름이 깔려 있었다.

지난 가을, 누렇게 물든 들판에 서서 벼 낟알 부딪히는 소리 들으며 벼 낟알 익는 향기 맡으며 나는 외쳐보고 싶었다. 농가 부 채와 쌀시장 완전 개방을 걱정하는 농민들 시름 잠시 잊고 그렇게 힘겨워도 살아내는 이 땅의 사람들 생각해보며 황금빛 들녘에서 나는 외치고 싶었다.

나는 자랑스러운 농민의 후예다!
나는 자랑스러운 농민의 후예올시다!

우리가 이 어려운 시대에 '마음무리'로 전달할 마음은 무엇 일까.

항아리

)

장독대 앞에 찬물 한 사발 떠놓고 자식들 잘되기를 비는 시골 할머니의 모습이 떠오른다. 인간이 만물의 영장이라고 교만해하지 않고 자신보다 윗단계에 어떤 존재가 있을 것이라고 믿고 비는 모습은 아름답다.

옛사람들은 장독대를 신성시했다. 그래서 장을 담는 항아리도 소중하게 다루었다. 그 시절 동네 망나니들은 자신이 얼마나 막 나가는가를 보여주기 위해 장독대를 두들겨 부수기도 했다. 그러면 동네 어른들은 삼 년도 못 살고 죽을 짓을 한다고 혀를 찼다.

요즘 들어 항아리 재떨이가 왜 이렇게 많아진 것일까. 조상들의 혼이 서려 있는 유적지에도 있고, 옛 물건 몇 개를 벽에 걸어놓고 민속주점이라고 '민속'이란 말을 파는 술집에도 항아리 단지가 있다. 흑 항아리가 담고 있는 정서의 깊이보다 겉 예스러움만 취하면 된다는 얕은 정신에서 유행이 시작된 것은 아닐까.

언제였던가. 나는 마니산 꼭대기에 있는 참성단에서 깜빡 놀란 적이 있다. 등산복 차림의 한 외국인이 주머니에 챙겨온 담배 꽁초를 향로에 넣으려 하는 것이었다. 그 외국인은 우리나라 고궁에서 볼 수 있는 향로 모양의 쓰레기통과 신성한 향로를 착각했던 것 같다.

솔, 도라지, 라일락……. 담배 이름에는 아름다운 게 많다. 아름다운 이미지를 빌려 덮어씌운다고 몸을 해치는 담배의 본질이 변할까.

섬이 쓰고 바다가 그려주다

내가 만난 마을
혹은
도시에 관한 기록들

)

'현재는 과거에 영향을 주고 그렇게 해서 받아들인 과거가 현재에 작용한다. 영향과 작용이 순환하는 역사를 가다머는 영향과 작용의 역사로 불렀다.'

위의 내용을 수용해, 과거에 내가 만나 기록으로 남겼던 마을과 도시에 대한 시를 통해 현재의 마을과 도시를 만나본다.

1. 선입견이 된 마을(1960~80년대)。

그샘
———

네 집에서 그 샘으로 가는 길은 한길이었습니다. 그래서 새벽

이면 물 길러 가는 인기척을 들을 수 있었지요. 서로 짠 일도
아닌데 새벽 제일 맑게 고인 물은 네 집이 돌아가며 길어 먹었
지요. 순번이 된 집에서 물 길어 간 후에야 똬리 끈 입에 물고
삽짝 들어서는 어머니나 물지게 진 아버지 모습을 볼 수 있었
지요. 집안에 일이 있으면 그 순번이 자연스럽게 양보되기도
했었구요. 넉넉하지 못한 물로 사람들 마음을 넉넉하게 만들
던 그 샘가 미나리꽝에서는 미나리가 푸르고 앙금 내리는 감
자는 잘도 썩어 구린내 훅 풍겼지요.

위의 시는 충북 충주시 노은면 문바위라는 마을을 떠올리며
썼다. 문바위는 가구 수가 20여 호 되는 작은 마을이다. 내가 태어
난 집은 마을 한복판을 흐르는 물도랑을 경계로 윗마을에 속했다.
그때의 삶은 60년대 대부분 농촌 마을이 그랬던 것처럼 공동체적
삶이 유지되고 있었다. 시에 샘을 상징적으로 차용해 서로가 서로
를 배려하는 마음이 살아 있던 마을 풍경을 그려보았다.
　전기가 들어오지 않아 이웃집의 불빛이 더 잘 보였고 마을의
새벽은 고요해 인기척을 금방 느낄 수 있었다. 같은 샘물을 먹는
네 집이 다 초가집이었다. 그래서 요즘과 달리 지붕 색깔이 일 년
에 한 번씩 변했다. 초겨울이면 집들은 가을날 펼쳐지던 들녘의
누런색을 거둬다가 머리에 이었다. 초가집에 나무불을 때며 살 때
라 집에 불이 나기도 했다. 담배 건조실에 매달아놓았던 동네 종

이 난타로 울렸다. 아랫마을 사람들까지 달려와 샘까지 줄을 서서 물그릇을 팔무리로 전달하며 불을 껐다. 불을 끄는 사람들의 그림 자가 일렁이던 그날 밤은 지금도 잊히지 않는다. 마을 사람들은 지혜롭게도 불이 다시 살아나는 상황을 대비해 물그릇들을 그대로 놓고 갔었다. 그 물그릇 중에는 쌀을 일 때 사용하는 이남박도 있었다.

문바위에 난 길들은 거지반 곡선이었고 그 길에 집들이 듬성 듬성 늙은 호박처럼 매달려 있어, 문바위에는 골목길이 없었다. 김 수영의 시 구절처럼 '방문 열면 바로 자연'인 집들로 구성된 마을 이었다. 자연의 품속에 안겨 살아서인지 사람들은 유순했고, 가난 했지만 서로를 위하는 마음만은 가난하지 않았다. 생명들의 집인 물을, 지금처럼 파이프로 끌어다가 먹거나, 전화기로 주문해 먹지 않았다. 물을 머리나 어깨로 경건하게 길어다가 먹어서였을까, 생 명끼리 서로가 서로를 헤아려주는 마음이 살아 숨 쉬는 시절이었 다. 내 머릿속에 가장 아름다운 마을 풍경이 자리를 잡은 것은 그 때였다. 그 풍경은 내가 살아오며 여러 유형의 마을들을 만날 때 마다 무의식에 영향을 주며 작용했을 것이다.

씨네마 천국

큰 집에 산 적이 있지요

섬이 쓰고 바다가 그려주다

장날이면 바깥마당에 약장수 오고

가을이면 옹기장수 찾아와 집 안 가득 옹기 쌓이고

인삼장수, 명태장수, 재봉틀 수리공, 도박꾼들,

우리 집에 철새처럼 찾아들었지요.

우리 집은 크고 넓어

가설극장 패들 와 대문 닫고 쪽문 열면

안마당이 극장이 되었지요

영화 볼 돈 없는 애들 오동나무 타고

행랑채 넘어오고

그러다가 들키면 심통난 아이들

두꺼비집을 내리기도 했지요

나는 제일 좋은 자리 마당에 있는

우물에 기대 앉아

신영균의 칼쌈 솜씨를 보았지요

지금 그 집터엔 붉은 벽돌 복지회관이 들어서

청년회 사무실도 있고 노인정도 있고

마을문고도 간판을 펼쳐놓았지요

나는 오랜만에 고향에 들러

매일 보며 살아 보이지 않던 고향 산봉우리들

그윽이 바라다보았지요

없어진 우리 집 담장을 보듯 지붕을 보듯

'너도 한 삽 나도 한 삽 모은 흙으로 잘사는 새마을 우리 힘으로 만드세'라는 노래가 늘어지고 역동성이 없다 하여, 새로운 새마을 노래현재의가 보급되었다. 마을은 스피커 방송으로 연일 시끄러웠다. 내가 이사 온 면소재지 동네도 마찬가지였다. 퇴비증산운동, 절미운동, 집단등교운동, 혼식분식장려운동, 둘만 낳아 잘 기르기 운동…… 새마을기, 4H기, 향우반기……. 그 무렵 마을은 온통 운동과 깃발로 넘쳐났다. 지언발생적이던 공동체 의식이 정부 주도하에 인위적인 공동체 의식으로 전환되고 있었다. 근면 자조 협동으로 뭉치면 모두 잘살 수 있다는 집단적 희망에 마을이 들떠 있었다. 일제 시대 주민의 통제 및 전시 동원 체제로 이용되었던 반상회가 새롭게 부활되었다. 마을마다 반장과 부녀회장이 선출되었고 완장과 모자를 쓴 새마을 지도자가 자전거를 타고 바삐 움직였다. 마을 주민들은 너나없이 견고해진 조직의 구성원이 되었다. 새마을운동 우수 마을이 선정되고 가수들이 위문공연을 오고 관급 행사가 진행되며 집단적 경쟁의식이 싹텄다. 이에 힘을 얻은 정부는 새마을 사업에 박차를 가했다. 싸리울을 밀어내고 시멘트 블록 담장을 쌓고 초가지붕을 걷어내고 슬레이트 지붕을 얹고 마을길도 넓혀 콘크리트길을 만들었다. 이때 마을의 이데올로기는 오직 NEW, 새로움뿐이었다. 마치 새로운 것은 모두 합리적이고 선한 것으로 받아들여졌다. 초가지붕 위 둥근 박 덩어리와 겨울이면 수북이 쌓인 눈이 만들어놓던 곡선이 일제히 사라졌다. 급변하

섬이 쓰고 바다가 그려주다

는 환경에 적응 못한 참새들이 초가지붕 추녀 밑 굴을 찾지 못해 향나무에서 오글오글 노숙의 밤을 보내기도 했다.

역설적으로 개인주의가 태동한 것도 그즈음이 아니었나 싶다. 마을을 바꾸듯 개인의 삶도 확 바꿔보고 싶은 욕망이 꿈틀거렸을 것이다. 자발적으로 농촌생활을 접고 대한뉴우스에서 접한, 공장이 건설되고 있는 도시로 떠나는 사람들이 속출했다. 또 경운기와 손수레가 보급되고 제초제를 비롯한 농약의 사용이 대중화되어, 농사일이 한결 수월해지자 소작농들 몫으로 돌아갈 땅이 없어졌다. 급기야는 품을 팔 곳도 없어지면서 상대적 빈곤을 절실히 느끼는 계층이 생겨났다. 이들도 하나둘 농촌에서 떠밀려 도회지 외곽으로 삶의 터전을 옮겼다. 마을엔 빈집이 생기기 시작했다.

지하생활 3주년에 즈음하여
— 어머니 2

빛으로 짠 커튼을 치고 싶습니다
불을 켜야 불을 켜지 않은 방보다 어두운 방은
좁고, 나이가 들어, 어머니 등이 따뜻합니다
우러러 들리는 위층 하늘에는 정육점이 삽니다
메주처럼 조용한 어머니는 가는귀가 먹어
하늘에서 들리는 삼겹살 써는 소리는 못 먹고

갈비 자르는 소리만 먹습니다

어머니 귀가 통이 커졌습니다

동태 궤짝 내리치는 소리가 들려옵니다

하늘에서 누군가 화장실을 다녀갔다는 대변者

펌프 돌아가는 소리도 들립니다

그래도 저 지겹게 정들은 소리들이

내가 살아 있음을 확인시켜주는 숟가락입니다

동거자 어둠은 자신을 색득하게 보려고

점점 어두워지고 세상은 젖은 성냥갑인가 봅니다

평지에 살고 싶은 만큼 대가리를 날려 부딪쳐보고

살점이 뭉청 떨어지도록 머리 비벼보아도

빛은 못 벌고 골만 부러집니다

부러진 골은, 머지않아 영원히 지하생활자가 될

어머니를 3년 동안 전지훈련시켜 드렸습니다

노상, 밤이 되지 않는 어둠 속에서, 빛은

빼앗는 것처럼 나누어가져야 한다는 답안을 검산합니다

그러다 벽시계로 날이 훤하게 밝아오면

나는 또 눈부신 빛의 계단을 오릅니다

겨울 잠바와 여름 바지로 쫙 빼입은 가을 옷을 입고

발자국소리가 저벅저벅 어머니 가슴을 밟습니다

빛으로 짠 커튼을 치고 싶습니다

섬이 쓰고 바다가 그려주다

서울살이는 녹록치 않았다. 아래층에서 물 틀면 단수가 되는 이층 가건물에 자리를 잡았다가 상계동으로 이사를 했다. 주인집과 한 평도 안 되는 부엌을 공동으로 썼고 멀리 떨어져 있는 공중화장실에 가 줄을 서야 했다. 집주인 할머니가 일러준 대로, 급하면 할 수 없이 부엌에서 검은 비닐봉지에 변을 받을 수밖에 없었다. 처지가 비슷한 사람들이 모여 살던 상계동 집들이 철거되고 홍릉시장 상가 지하창고에 딸린 방 한 칸으로 이사를 했다.

지하에 사는 사람들이 이리 많다니! 시골 마을에서는 상상도 할 수 없었던 일이 도시에서는 현실이 되기도 했다. 어느 휴일 대낮. 전깃불을 켜고 벽지에 피어난 곰팡이꽃을 지우다가, 나와 같은 사람이 벽 너머 지하에도 있을 것 같아 벽을 잡고 눈물을 흘리기도 했다. 이 어둠을 팔 수는 없을까, 빛을 켜듯 어둠을 켜는 에너지를 만들 수는 없을까, 교대 근무를 하고 낮에 잠을 자야 하는 사람들에게 어둠을 무상으로 공급해줄 수는 없을까, 쓸데없는 상념이 머리에서 콩나물처럼 자라기도 했다. 지하에서 태양신을 숭배하다가 빛의 계단을 오르면 지상에서는 신령스러운 산은 부동산밖에 없다고, 믿을 건 부동산밖에 없다는 신흥 종교의 교세가 대단했다. 이미 방방곡곡 시골 마을까지 그 세가 미치지 않는 곳이 없었다. 땅은 더 이상 먹거리를 생산하는 순수한 생성의 모태가 아니었다. 투기의 대상이었고 자본의 접전 구역이 되어 있었다. 여성성의 모체인 땅이 타락하자 도시에서는 여성의 성을 팔고 사는 저

급 문화가 만연했다. 무엇이든 돈이 있으면 안 되는 것이 없다는
황금만능주의에 감염된 도시와 마을은 밤에도 번쩍였다. 바야흐
로 자신의 속을, 내장을 꺼내 이마에 노골적으로 붙인, 간판이 난
무하는 건물들처럼 천박한 정신이 도시에 안착했다.

2. 긍정의 마을(1990년대) 。

자본주의 사연

성동구 금호 4가 282번지
네 가구가 사는 우편함

서울특별시의료보험조합
한국전기통신공사전화국장
신세계통신판매프라자장우빌딩
비씨카드주식회사
전화요금납부통지서
자동차세영수증
통합공과금
대한보증보험주식회사
중계유선방송공청료

호텔소피텔엠베서더
통합공과금독촉장
대우전자할부납입통지서
94토지등급조정결과통지서

이 시대에는 왜 사연은 없고
납부통지서만 날아오는가
아니다 이것이야말로
자본주의의 절실한 사연 아닌가

서구의 동구권이 무너지자 자본주의 체제는 승리감에 도취되어 자본주의의 우월성을 노래하기에 바빴다. 동구권이 무너진다고 해서 자본주의가 갖고 있던 문제점들이 자동으로 해결되는 것은 아니었다. 빈부간의 소득 격차, 물질만능주의에 의한 인간성의 상실, 산업화 과정에서 발생한 환경문제 등 동서 이데올로기의 대립이라는 거대 담론에 묻혀 있던 제반 문제들이 오히려 전면적으로 부상했다. 나는 이런 문제점들을 풍자하고 비판하는 시들을 써 《자본주의의 약속》이란 시집을 냈다. 한 개인의 시집으로 자본의 거대한 물결을 어떻게 해볼 수 있다는 희망은 애초부터 없었다. 단지 그 흐름이 과연 옳은가, 라고 물음을 던져 주위를 환기해보고 싶었을 따름이었다.

대전 엑스포

자연에서 가장 멀리
도망친 것들의 잔치
利의 극점

햇살 맑은 아침
소귀에 경을 읽고 싶다
利를 향해서만 밥을 먹을 수는 없다

화두를 하나 잡고 끝없이 부정해 나아가며 부정을 통해 도에
이르는 수련법을 간화선看話禪이라 했던가. 나는 자본주의란 화두
를 잡고 자본주의의 문제점에 천착해 이를 끝없이 들춰내야 한다
는 고집에 사로잡혀 있었다. 시간이 지나서야 이런 작업이 문제
해결에 별 도움이 안 된다는 사실을 깨달았다. 모든 문제는 문제
의 주체인 사람에게 있다는 생각이 다가왔다. 결국 인간성의 회복
없이는 어떠한 문제도 근본적인 해결이 될 수 없다는 결론에 이르
렀다. 인간의 욕심이 인간의 양심을 가두고 있는 한 문제점을 임
시로 해소시킬 수는 있어도 해결할 수는 없음을 절감했다.
　문제는 다시 사람이다. 양심적 삶의 복원이다. 인간이 어찌할
수 없어 변화되지 않고 항상 보존되어 있다는, 인간의 본마음인

사단측은지심, 수오지심, 사양지심, 시비지심에, 인간의 본디 선한 마음에 문제점을 호소해볼 수밖에 없다. 삶의 현장에서 드러나는 인간적인 면들을, 인간의 본디 선한 마음이 공감할 수 있는 상황들을 글로 옮겨보자고 방향을 틀었다. 그러자 삭막하게만 펼쳐지던 도시에서의 삶도 한없는 긍정의 세계로 다가오기 시작했다.

그 무렵에 쓴 산문 한 편〈눈물은 왜 짠가〉(2014, 책이있는풍경) 수록을 아래에 소개 한다.

길의 열매 집을 매단 골목길이여

내가 살며 만나온 골목길 풍경들이 저요! 저요! 손들며 다가온다.

담장 위 장미가 붉은 혀를 깨물고 있다. 비누 냄새 풍기는 하수도 물이 길 따라 흘러내린다. 물소리도 길 따라 휘어지며 흘러내린다. 저녁 식사 시간 골목길은 음식 냄새들의 유원지다. 종량제 쓰레기봉투를 뜯고 있던 고양이가 도망간다. 전봇대에는 가스 배달, 중국집 전화번호 스티커가 신속히 붙는다. 한때 골목대장이었던 아이가 가장이 되어 아파트 경비하러 급히 내닫는다. 처녀가 힐끗 뒤돌아본다. 사내의 발짝 소리가 멈칫한다. 두부 장수가 리어카를 세워놓고 더 좁은 골목길로 종을 울리며 들어가자 붉은 장화를 신은 비둘기 분대가 후드득 리어카에 낙하한다. 아침 일곱 시, 더 넓은 골목길에 가 살기 위하여 직장 나가는 샐러리맨들의 발짝 소리가 발짝 소리에 밟힌다. 얼어붙은 길 위에 던진 연탄재가 부지직 소리를 낸다. 허리가 낫처럼 휜 할머니가 숨이 찬지 허리는 펴지 못하고 고개만 들고 숨을 고른다. 가로등이 켜지고 나방 그림자가 벽에 부딪친다.

서울에서 내로라하는 명문 골목_{공덕동, 청량리 시장, 상계동, 금호동, 전} 농동……에 살아본 내게 있어서 골목길의 의미는 그리 만만치가 않다. 골목길을 걸어갈 때면 베르누이의 정리_{관 속을 흐르는 유체의 양} _{=유체의 속도/관의 단면적}가 떠올라 걸음을 멈추곤 했다. 가던 길이 좁아진다고 해서 살아가기에 대한 생각의 양이 적어지지는 않는다. 골목길에 접어들면 마음도 마음의 골목길로 접어든다. 골목길에서의 생각은 타이트하다. 구체적이다. 현실적이다. 넓은 길을 오며 이 생각 저 생각 들던 것이 길의 깔때기, 골목길에 접어들면 압축되고 요약된다. 원래 삶은 살아가는 길의 모양을 닮는 것인지 모르겠다.

골목길을 지날 때면 '골목길은 휘어지기를 즐긴다'는 오규원 시인의 시 구절이 의미심장하게 다가왔다. 휘어진다는 것은 무엇을 의미하는 걸까. 어떤 방향을 선택 전환한다는 것 아닌가. 어느 선택의 시점이든 그 순간 생각은 여느 때보다 농밀하다. 농밀하게 생각하기를 권하는, 삶에 대한 긴장감을 잃지 않게 만들어주는 골목길은 사색의 대가다.

건축가 이일훈 선생의 강의를 들은 적이 있다. 강의 중 슬라이드를 보는 시간이 있었다. 고故 건축물에서 현대 최첨단 건축물까지 다양한 건축물 설명을 듣는 도중 느닷없이 한적한 곳에 덩그렇게 서 있는 시골 방앗간 풍경이 떴다. 이 선생은 잠깐 사이를 두더니 말을 이었다. "나는 이 방앗간을 보는 순간 눈시울이 뜨거워지고 눈물이 났습니다. 완벽한 건축물을 만났기 때문이죠. 장식이라곤 아무것도 없이 양철 지붕만 올려놓았지만, 여기 어디 버릴 게 있습니까, 부족한 게 있습니까?" 가슴이 찡했다. 나도 어느 골목길에서였던가 그 비슷한 느낌을 받아보았기에 더 그랬을 것이다. 나도 완벽한 골목길을 만났었다. 그 골목길은 밥을 먹고 있는 방이, 변을 보고 있는 화장실이, 달팽이만 한 초인종 달린 대문이 양쪽으로 잇닿아 있었다. 이 골목은 담장이 없어 길이 담장이구나. 길이 담장이 될 수 있다니! 이렇게 평화롭고 완벽한 담장이 어디 있겠는가. 이렇게 완벽한 담장을 가진 골목길에서 사람들이 살아가고 있다니. 불신의 산물로 세워지는 담장과, 함께 살아가는 똑같은 인간이라는 믿음으로 세운 이 길담장과의 그 어마어마한 차이. 길담장 체험 후 나는 왠지 모르게 골목길이 건강해보이기 시작했다. 그도 그런 것이, 그도 그럴 수 있는 것이, 우리가 살고 있는 골목길이 어떤 길인가!

노동을 마치고 술 취해 귀가하던 가장이, 아내와 자식새끼들 생각에 머리채를 흔들며 정신을 가다듬고 발걸음을 바로 잡던 길 아닌가. 만삭의 아낙네들이 한손에 남편과 자식새끼들에게 먹일 시장바구니를 들고 한손으로 허리를 짚으며 가족이 살고 있는 집을 향해 걷던 길이 아닌가. 철없는 아이들 즐겁게 뛰어노는 웃음소리 까르르 까르르 흘러넘치는 길이 아닌가. 밥숟가락보다도 더 우리들의 삶 때가 묻어 반질반질 윤기가 도는 길 아닌가……

"한국 경제는 막다른 골목길에 봉착됐다. 세계를 보지 못하고 아시아에서 골목대장이나 하려다가……"

골목길을 폄하하지 마라. 막다름의 힘을 아는가. 물에 빠진 놈은 더 밑으로 내려가 바닥을 차고 나와야 한다지 않던가. 이제 막다름에 이른 자의 힘을 보여줄 때다. 함께 어우러져 살려고 구불구불 휜 골목길의 탄력으로, 골목길의 힘으로, 길의 거품 하나 없는 골목길이, 길의 뿌리인 골목길이, 길의 열매인 집을 매달고 있는 골목길이, 시장통의 비린 생명력을 지닌 골목길이, 산동네의 가난이란 위치 에너지를 가진 골목길이, 공장 지대 교대만 있을 뿐 꺼지지 않는 불빛의 골목길이, 한 지붕 아래 사는 아파트 통로 그 수직의 골목길이, 그 골목에 사는 사람들이 우리나라가 살아가야 할 길을 번쩍 일으켜 세워야 할 시기인 것이다.

섬이 쓰고 바다가 그려주다

3. 부정의 마을(2000년대)。

김포평야

김포평야에 아파트들이 잘 자라고 있다

논과 밭을 일군다는 일은

가능한 한 땅에 수평을 잡는 일

바다에서의 삶은 말 그대로 수평에서의 삶

수천 년 걸쳐 만들어진 농토에

수직의 아파트 건물이 들어서고 있다

농촌을 모방하는 도시의 문명

엘리베이터와 계단 통로, 그 수직의 골목

잊었는가 바벨탑

보라 한 건물을 쌓아 올린 언어의 벽돌

만리장성, 파리 크라상, 던킨 도너츠

차이코프스키, 노바다야끼……

기와 불사하듯 세계 도처에서 쌓아 올리고 있는

이진법 언어로 이룩된

컴퓨터 데스크톱

이제 농촌이 도시를 베끼리라
아파트 논이 생겨
엘리베이터 타고 고층 논을 오르내리게 되리라
바다가 층층이 나누어지리라
그렇게 수평이 수직을 다 모방하게 되는 날
온 세상은 거대한 하나의 탑이 되고 말리라

김포평야 물 괸 논에 아파트 그림자 빼곡하다

나는 긍정적으로 세계를 인식하려 노력하면서 그 대척점으로
떠오르는 부정의 세계를 애써 외면하지 않았다. 그 세계는 그 세
계 나름대로 충실히 그려내는 것 또한 긍정의 세계를 그려내는 것
과 다르지 않다고 생각했다.

새마을 사업과 신도시 건설만큼 급진적으로 주거 환경을 변
화시킨 사건은 없다. 그렇게 파격적인 길을 걸은 데는 그러지 않
으면 안 될 이유가 충분히 있었겠지만, 그에 따라 발생한 문제점
들을 사업의 성과로 마냥 덮어버려서는 안 될 것이다. 나는 사업
의 진행 과정에서 드러난 문제점들 중 문명 세계의 미래를 암시하
고 있는 것 같은 부분들을 주시했다.

사람들은 지하에서 딱딱한 것과 뜨거운 것을 캐낸다. 딱딱한 것으로 인간의 욕망을 닮은 수직의 건물들을 쌓아 올린다. 부드러운 것은 수직화되지 않는다. 또 뜨거운 것을 에너지화해 속도를 얻어낸다. 나는 이 두 행위를, 표면으로 드러난 문명화의 대표적 현상으로 본다.

도시에서의 삶은 수직 지향적이다. 건물들이 하늘을 향해 커가고 있다. 사람이 사는 집도 예외는 아니어서 고층 아파트가 생겼다. 반면에 농어촌에서의 생활은 그렇지 않다. 모든 농지는 수평 지향적이다. 논이 그렇고 밭이 그렇다. 농부들은 보다 많은 경작지를 확보하기 위해 끝없이 경사진 땅을 까 내려 평평한 땅을 넓혀왔다. 또한 어촌의 생활은 말할 필요도 없다. 바다 그 자체가 수평 아닌가. 파도가 높이 일어 수평이 깨지면 어부들은 일할 수조차 없다. 그러나 생산지가 절대 부족해진다면 농어촌도 수직 지향적으로 나아가게 될 것이다. 논도 하나의 건물이 될 것이다. 수십 층의 고층 논이 생겨 엘리베이터를 타고 오르내리며 농사짓게 될 날이 도래할 것이다. 어촌도 바다 속으로 빛을 끌고 들어가 바다를 층층으로 나누게 될 것이다. 그런 세월이 현실로 다가오면, 여유롭고 평화롭기까지 한 농촌의 골목길도 도시 골목길을 닮게 될 것이다. 진도의 아름다운 돌담 골목길이 도시 골목길을 모방하게 될 것이다.

더 무서운 것은 이러한 현상 너머에 있다. 신성성에 대한 도전

섬이 쓰고 바다가 그려주다

의 결과로 언어가 나눠지게 되었다고 경전은 전한다. 이렇게 나눠진 언어들을 인간들은 이미 하나로 통합했다. 이진법 언어로 작동되는 컴퓨터가 그 언어다. 컴퓨터 데스크탑이 제2의 바벨탑인 것이다. 컴퓨터가 완성한 인터넷은 거대한 수평의 탑이다. 우리는 전 세계와 우주가 연결되어 있는 이 탑으로 무엇을 하고 있는가. 우리는 이 탑을 선악 분별의 장으로 삼기보다 개인의 이해타산을 따져보는 데 더 유용한 장으로 삼고 있다. 이것이 우리가 추구하고 있는 공공의 정신의 방향인 것이다. 여기서 우리가, 우리 삶이 우주적 삶에 조화를 깨뜨리고 있음을 깨닫고 처절히 반성하지 않는다면 인간의 미래는 생각보다 더 짧아질 것이다.

4. 현실의 마을(2010년대) 。

서울 지하철에서 놀랐다

1
열차가 도착한 것 같아 계단을 뛰어 내려갔다
스크린도어란 것이 설치되어 있었다
민망하여 별로 놀라지 않은 척 주위를 무마했다
스크린도어에, 옛날처럼 시 주련柱聯이 있었다
문 맞았다

2

전철 안에 의사들이 나란히 앉아 있었다
모두 귀에 청진기를 끼고 있었다
위장을 눌러보고 갈빗대를 두드려보고
눈동자를 들여다보던 옛 의술을 접고
가운을 입지 않은 젊은 의사들은
손가락 두 개로 스마트하게
전파 그물을 기우며
세상을 진찰 진단하고 있었다
수평의 깊이를 넓히고 있었다

세상에서 제일 큰 마을은 스마트폰 속에 있다. 이 마을의 길은
전파다. 이 마을에는 집과 방을 만들 수 있는 영토가 무량하다. 이
마을은, 버튼 하나로 전출입이 자유롭다. 이 마을에는 없는 게 없
지만 자체 무게가 없어 휴대하고 다닐 수가 있다. 이 마을에는 범
죄 신고 센터가 있고 우체국도 있다. 이 마을에는 담장도 있고 우
물도 있다. 주문하면 이 마을에서 물이 배달되어 온다. 이 마을을
개인이 소유할 수는 없다. 정확히 말하면 소유할 수도 있으나 완
벽하게 소유되지는 않는다. 이 마을은 전파 공동체다.

　뭍보다 커다란 섬은 존재할 수가 없다. 섬이 뭍보다 커지는 순
간, 섬은 뭍이 되고 뭍은 섬이 된다. 전파 공동체 마을은 뭍인 현실

　　　　　　　　섬이 쓰고 바다가 그려주다

의 섬으로 출발했다. 그러나 스마트폰까지 출현 처를 넓히면서부터는 사정이 달라졌다. 이제, 스마트폰 속 마을의 세계는 '내가 나비 꿈을 꾼 것인가? 나비가 나를 꿈꾸고 있는가?'라는 장자의 호접몽을 소화해낼 단계에 이르렀다. 여기서 더 나아가 스마트폰 속 마을은, 보들리야르가 말한, 시뮬라르크이미지, 기호, 가상 세계가 현실을 지배한다는 설을 증명해주고 있다. 아니, 현실이 가상 세계에 영향력을 끼칠 수 있다는 사실을 희망처럼 받아들여야 할 판국임을 보여주고 있다. 그만큼 스마트폰 속 마을은 거대해져 있다. 스마트폰 속 마을에서 일어나는 일이, 실제 그러한가를 점검해볼 수 있는 점검 터로 현실이 존재하는 듯도 하다. 쓸쓸한 일이지만 현실로 받아들이지 않을 수 없다.

어떻게 이 마을은 이렇게도 융성하였고 번성하고 있는가! 번창하고 있는 마을이라 해서 다 본받을 점이 있는 것은 아니지만, 우리는 분명 이런 현상에 대해 궁리해보아야 할 것이다. 이 마을 자체가 아닌 이 마을 체계를 연구해보면 현실 속 마을에 적용해볼 만한 교훈들이 적잖이 있을 것이다.

스마트폰 속 마을에는 중심이 없다. 모두가 중심이고 모두가 중심이 아니다. 항상 참여의 기회가 열려 있고 이 참여자들에 의해 수시로 마을의 중심이 움직여 고정된 중심이 없다. 들뢰즈의 리좀중심이 있는 나무의 줄기가 아닌 중심이 없는 뿌리의 줄기이란 말이 그럴듯하게 통용될 듯한 마을이다.

스마트폰 마을에는 공유 개념의 창고들이 발달되어 있다. 누구나 작은 창고를 만들어 사용할 수도 있고 이미 만들어져 있는 창고에 기억물을 저장할 수도 있고 허락된 창고에서 필요로 하는 것들을 구할 수도 있다.

스마트폰 마을에서는 모든 일이 논리적이고 일관성 있게 진행된다.

5. 미래의 마을 。

꽃봇대
———

전등 밝히는 전깃줄은 땅속으로 묻고
저 전봇대와 전깃줄에
나팔꽃, 메꽃, 등꽃, 박꽃…… 올렸으면
꽃향기, 꽃빛, 나비 날갯짓, 벌 소리
집집으로 이어지며 피어나는
꽃봇대, 꽃줄을 만들었으면

'세계는 그 신비의 내밀성 속에서 정화의 운명을 바라고 있다. 인간이 보다 좋은 인간의 싹이며 노랗고 무거운 불꽃이 희고 가벼운 불꽃의 싹인 것과 같이 세계는 보다 나은 세계의 싹이다.' 시인

섬이 쓰고 바다가 그려주다

이며 철학자인 가스통 바슐라르의 글귀를 믿어보며, 마음속으로,
꽃향기를 발전해 이웃에게 보내는 사람들이 모여 사는, 한 마을을,
한 도시를 꿈꿔본 시다.

현상계의 모든 마을은 우리 마음속의 마을을 닮을 것이다. 마
음속의 마을이 아름다워지면 현상계의 마을이 아름다워질 것이
다. 현상계의 마을에 그래도 아직 희망이 남아 있는 것은 이 때문
이 아닐까?

섬이 쓰고

바다가
그려주다

2020년 12월 24일 초판 1쇄 인쇄
2021년 1월 11일 초판 1쇄 발행

지은이 | 함민복
발행인 | 윤호권 박헌용

발행처 | 시공사
출판등록 | 1989년 5월 10일 (제3-248호)
주소 | 서울특별시 성동구 상원1길 22 7층 (우편번호 04779)
전화 | 편집 (02) 2046-2867, 영업 (02) 2046-2800
팩스 | 편집 (02) 585-1755, 영업 (02)588-0835
홈페이지 | www.sigongsa.com

ISBN | 979-11-6579-327-2 03810